铁在烧

志愿军第63军铁原战记

魏纪奎 迟鹏 冯珈 姚寅子 著

四川文艺出版社

图书在版编目（CIP）数据

铁在烧：志愿军第63军铁原战记 / 魏纪奎等著. --
成都：四川文艺出版社，2018.1
ISBN 978-7-5411-4864-4

Ⅰ. ①铁… Ⅱ. ①魏… Ⅲ. ①纪实文学—中国—当代

Ⅳ. ①I25

中国版本图书馆CIP数据核字（2018）第007338号

TIEZAISHAO

铁在烧
志愿军第63军铁原战记

魏纪奎　迟鹏　冯珈　姚寅子　著

策划组稿	林小云
责任编辑	周　轶
封面设计	经典记忆
内文设计	史小燕
责任校对	汪　平
责任印制	唐　茵

出版发行　四川文艺出版社（成都市槐树街2号）
网　　址　www.scwys.com
电　　话　028-86259287（发行部）　028-86259303（编辑部）
传　　真　028-86259306

邮购地址　成都市槐树街2号四川文艺出版社邮购部　610031
排　　版　四川经典记忆文化传播公司
印　　刷　四川机投印务有限公司
成品尺寸　169mm×239mm　1/16
印　　张　12.25　　　　字　　数　160千
版　　次　2018年3月第一版　印　　次　2018年3月第一次印刷
书　　号　ISBN 978-7-5411-4864-4
定　　价　38.00元

目录

目录

风起铁原

第一章

中国人民志愿军在朝鲜战场上发起的第五次战役，为何在节节胜利的情况下突然停止进攻？在第五次战役中担负主攻任务的第63军，又为何在铁原地区打响了这支部队历史上最惨烈的一场战斗？

韩国江原道铁原郡航拍

韩国铁原，一个大多数中国人没有听说过的地名。然而，这里却尘封着一段有关中国军人为国征战的历史往事。这段往事关乎尊严、荣誉、生死，更写就了一支部队的英雄传奇……2014年，为探究这段历史真相，中国摄制组奔赴邻邦韩国北部江原道铁原郡，在紧邻三八线的铁原地区展开大规模拍摄。

韩国江原道铁原郡航拍

金荣奎　韩国铁原郡历史文化研究所所长
这里原来是拥有两万人口的城市，现在如您所见都不存在了。

金荣奎，韩国铁原历史文化研究所所长。从小在这里长大的他，对于自己家乡的历史有着十分深入的研究。当他得知中国摄制组正在探寻铁原地区战斗历史真相时，专程带领我们来到了这处著名的朝鲜战争遗迹。由于身处战略交通要地，这里曾是交战双方瞩目的焦点。

金荣奎　韩国铁原郡历史文化研究所所长
这个是1935年的照片，这边是北。这儿就是这条路，这儿原来有个市场。铁原站就在这儿，往上走一点，这一片儿当时是比较富裕的人聚居的地方。总之，原先那个拥有众多人口的城市已经不复存在了。

韩国江原道铁原郡航拍

韩国历史文化研究学者金荣奎手中的这张历史图片，呈现出铁原城当年的繁华景象。这座位于朝鲜半岛肚脐部位的小城，是韩国与朝鲜之间的铁路枢纽和著名粮食产区。南通韩国政治中心首尔，北达朝鲜首都平壤，可谓朝鲜半岛交通大动脉的汇集点。

辛珠柏　韩国延世大学朝鲜研究学院教授

铁原，如果你看朝鲜半岛地图的话，位于朝鲜半岛的最中央，是人和物资进入首尔的必经之地，朝鲜战争时的中国部队与朝鲜部队的军需物资有一段时间都是在铁原集结的。如果打开铁原这个通道，那么对于韩国军队和美军来说非常不利，换句话说首尔就会处于危险境地。

齐德学　军事科学院原战争理论与战略研究部副部长

那么同样，由于铁原所处位置非常关键，了解朝鲜地理的人都知道，从南往北穿过铁原、平康所处的山区，就是一马平川的大平原，也就是说，如果敌人占领铁原、平康地区，志愿军和朝鲜人民军将会失去天然屏障，就会危及朝鲜首都平壤的安全。

由于身处重要的战略要冲，小小铁原成了抗美援朝战争期间敌我双方竭尽全力争夺之地。而一场仅仅持续了13天的战斗，更是让照片中的繁华铁原成为一片废墟。

金荣奎　韩国铁原郡历史文化研究所所长

刚才我说的原铁原的中心，是一个拥有2万人的城市。因为曾经是朝鲜人民军和中国人民志愿军的根据地，因为是根据地，美军就对此地进行了无数次的轰炸。

朝鲜劳动党党舍旧址

战争中损毁的铁原火车站站牌

然而，以美军为首的联合国军大规模轰炸铁原，除了铁原囤积着中国人民志愿军大量的后勤物资之外，更有着对无法前进的愤怒。当时以美国为首的联合国军被牢牢阻击在了铁原城外的大山之中，伤亡惨重。

萨苏　抗美援朝战争研究学者

铁原呢，应该说是毁在了朝鲜战争之中，但实际上铁原城里面当时并没有怎么发生战斗。因为当时中国人民志愿军阻击美军的地点主要是在铁原以南。那么志愿军的这场阻击战使美军寸步难行，美军一直打不过来，因为其目标最后是要攻占铁原，打不下来也很着急，那么美军怎么办呢，就是不断用炮火重炮猛轰铁原，最后就把整个铁原城毁掉了。所以当我们现在要到铁原去的时候，基本找不到（当时的）完整的建筑。

面对小小铁原城，武装到牙齿的"联合国军"却奈何不得。而阻挡在他们面前的除了连绵起伏的大山，还有一支钢筋铁骨的中国人民志愿军部队。这支部队在铁原城外，为了掩护参加第五次战役的数十万志愿军主力转移休整，硬是用血肉之躯阻挡着"联合国军"钢铁长龙的推进。这场持续13天的翻滚厮杀，在抗美援朝战史中被称之为"铁原阻击战"。

那么，这究竟是一场怎样的战斗？铁原城外的生死对决又因何而来？这一切要从"联合国军"总司令道格拉斯·麦克阿瑟的一个战争阴谋说起。

1950年6月25日，朝鲜大规模内战全面爆发。美国政府立即做出了武装干预朝鲜内战的决定。与此同时，又操纵联合国安理会通过非法决议，组织"联合国军"奔赴朝鲜参战。时任美国远东陆军总司令的麦克阿瑟被任命为"联合国军"总司令。

1950年6月26日，美国总统杜鲁门批准派遣第七舰队入侵中国台湾海峡。此后，侵朝美军越过三八线，迅速将战火烧到中国东北鸭绿江畔，并出动飞机轰炸中国东北边境的城市和乡村，直接威胁到新中国的国家安全。应朝鲜劳动党和政府的请求，中共中央和毛泽东主席毅然做出"抗美援朝、保家卫国"的战略决策，组成中国人民志愿军，任命第一野战军司令员彭德怀为司令员兼政治委员。

1950年10月19日夜，上任仅仅12天的中国人民志愿军统帅彭德怀，率领志愿军部队，秘密开赴朝鲜战场。

彭德怀

杨凤安　时任彭德怀军事秘书

要是从战争那会儿（说起），我和彭老总坐一个吉普车在部队前面入朝谈起，咱们几天几夜我也谈不完，是不是？

时年26岁的杨凤安担任中国人民志愿军司令员、政治委员彭德怀的军事秘书。

此后的6个月时间里，中国人民志愿军与朝鲜人民军并肩作战，与以美国为首的"联合国军"进行了四次大规模战役，将"联合国军"从鸭绿江畔打回到三八线。

1951年4月初，在距离铁原城不远的金化上甘岭中国人民志愿军指挥部中，一次重要的秘密军事会议紧急召开。

麦克阿瑟在视察战场

麦克阿瑟参加军事会议

杨凤安　时任彭德怀军事秘书

志愿军在金化，就是现在上甘岭那个地方，志愿军的指挥所在那里，开志愿军党委会。所有的兵团的领导，19兵团、3兵团、9兵团都去了。开的是党委会，确定第四次战役结束的防线，以及第五次战役开始的时间和部署。

《抗美援朝战争史》这样记述载此次会议的内容："会议认为，战争仍处于艰苦紧张的阶段。各方情报及种种迹象表明，敌军进驻三八线以后还要继续北进，并且从侧后登陆配合正面进攻的可能性为大。"

情报显示"联合国军"在朝鲜战场上将要展开大动作。那么当时的朝鲜战场究竟是一种怎样的态势呢？

2013年10月25日，美国华盛顿州一所退役军人疗养院中，96岁高龄的退役将军爱德华·罗尼得知中国摄制组前来采访，特意让助手为自己准备了一件红色外套，在我们面前用陪伴他多年的口琴演奏了一首《阿里郎》。

爱德华·罗尼　时任麦克阿瑟新闻发言人

1949年底，我被调往麦克阿瑟将军位于东京的参谋部工作。所以我在麦克阿瑟将军的参谋部工作。在1950年初，除了作为参谋的工作外，我还是他（麦克阿瑟）的新闻发言人。作为新闻发言人，我主要（工作）是在东京每天举行一场新闻发布会，回答各种各样的问题。但这不是我唯一的工作，我同时还是他（麦克阿瑟）的参谋。

1951年初，作为"联合国军"总司令麦克阿瑟新闻发言人的爱德华·罗尼掌握着最全面的战场态势。从1950年10月到1951年4月的6个月时间里，"联合国军"并没有完成战争之初制定的全面占领北朝鲜的企图，而是以伤亡148800余人的代价，深陷其中。

爱德华·罗尼　时任麦克阿瑟新闻发言人

我们撤回釜山环行防御圈以后，在1951年新年之后，我们又向北进攻，中国又派来更多的部队，在三八线附近阻击我们。我们发起进攻，他们（中国军队）将我们击退，我们又进入防御，我们在釜山组织防御。所以在1951年的大多数时候，双方都在三八线附近进行拉锯战。

这样的战争局面并不是时任"联合国军"总司令麦克阿瑟希望看到的。为扭转战场上的被动，野心勃勃的麦克阿瑟想要扩大朝鲜战局，而他心中正在策划着一项可以用"疯狂"来形容的军事部署。

2013年10月21日，中国摄制组驱车前往位于美国东部弗吉尼亚州的麦克阿瑟纪念馆，这里收录了麦克阿瑟生平所有的资料档案。档案保管员詹姆斯·索维尔接待了我们。

詹姆斯·索维尔　麦克阿瑟纪念馆档案保管员

这里有《麦克阿瑟回忆录》吗？

是的，你想看吗？

是的。

你们看，没有任何橡皮擦过的痕迹，几乎没有什么涂改，很少的修正。

在索维尔的协助下，我们找到了《麦克阿瑟回忆录》手稿。透过一页页手稿，麦克阿瑟工整的字迹背后，却隐藏着他从1951年初第二次战役结束之后就在盘算的一个大阴谋。

美国弗吉尼亚州麦克阿瑟纪念馆

《麦克阿瑟回忆录》

如果我还没有被允许攻击通过鸭绿江增援的中国军队，或者摧毁他们的桥梁，那么我将会用一种放射性的核废物来切断从满洲里到朝鲜的中国军队的主要补给线路……如果我被允许使用它们，那么我将在北朝鲜的上部实施一次登陆，同时配合空降部队，这样我们会让中国军队饿死或者投降。这很像仁川登陆，但是比那一次的规模要大很多。

陈兼 美国康奈尔大学历史系教授 中美关系史研究讲座教授

麦克阿瑟反复地提出，他说我作为军人，我的职责就在于利用我所有的一切手段争取胜利。我不管战争用什么手段，我不管战争打到哪里，只要能够取得胜利，我就要用，我就要打，所以他主张要把战争打到中国。那还是第四次战役的时候，他就提出必须要用空军轰炸共产党中国的工业基地、战略基地、沿海港口。他说不然这个仗怎么打法，没有办法打。

鸭绿江大桥

这便是中国人民志愿军总部军事会议提到的"联合国军"可能实施的大动作。由于接连打败仗，麦克阿瑟开始改变了最初对中国军队的认识，他悲观地认为，只有将整个美国的力量用来与中国对抗，甚至动用核武器，从北朝鲜北端东西两岸登陆包抄志愿军，实施第二次"仁川登陆"，才能挽救失败的命运。

为了粉碎麦克阿瑟这一疯狂作战企图和防止美国因四次战役失败后铤而走险，已经在朝鲜战场上浴血拼杀了6个月的中国人民志愿军和朝鲜人民军，决定发起遏制敌人从我侧翼登陆以及建立新防线的第五次战役。

杨凤安　时任彭德怀军事秘书

这个部署是这样子的，19兵团63（军）、64（军）、65（军），还有人民军1军团在这个西线担任主攻；3兵团在中线，就在这个铁原以东；9兵团和人民军在东线。因为那个时候19兵团、3兵团是主力先到达，当时确定这个部署的时候，决心是准备歼灭敌人4到5个师。

从中国人民志愿军第五次战役的作战地图中，我们可以看出当时的作战部署，隶属志愿军第19兵团的第63军担负西线的主攻任务。

这里是辽宁省丹东市宽甸县的清城桥。1951年2月17日夜，皓月当空，作为第二批入朝作战部队，隶属中国人民志愿军第19兵团的第63军47006名将士，正是通过这座不为人知的桥踏上了抗美援朝战场。

王自省　原中国人民志愿军第63军第189师第567团2营4连连长

（中国）这边小雪，到了朝鲜，下了船这么厚的雪，就隔一条江，隔一条江这么厚的雪。我们走了30多里地吧，就踩着积雪。给了我们一个村庄，驻一个连，这个村庄几家人呢？两家。

麦克阿瑟视察战场

贾文岐　原中国人民志愿军第63军第188师第562团指导员

刚入朝的时候是没有房子住的，铺冰卧雪盖蓝天，抱枪枕石伴树眠，就是野营，在雪地里野营，铺上点树枝、弄点稻草，在雪地里野营非得脱衣服，不脱衣服就冻伤你。你的脚钻在我的裤腿里，我的脚钻在你的裤腿里，两个人这么睡觉。那是相当的苦，但是那时候战士的情绪，保家卫国的情绪非常高。

就在中国人民志愿军第63军将士们入朝一个多月后，正在谋划着使用一切手段绞杀志愿军的麦克阿瑟却被突然解职。

杜鲁门解职命令同期声

非常遗憾，我（杜鲁门）必须作出这个决定，麦克阿瑟将军是我们最出色的指挥官之一，但是与世界和平相比，麦克阿瑟个人是微不足道的。

1951年4月12日下午3时，一条爆炸性新闻震惊了全世界，同时也震惊了麦克阿瑟。这位二战中闻名世界的美国陆军五星上将，竟然在自己毫不知情的情况下，被美国总统杜鲁门解除了一切职务。

爱德华·罗尼　时任麦克阿瑟新闻发言人

1951年4月，我是一名步兵部队的指挥官。我十分吃惊地听到广播中麦克阿瑟被总统解职的新闻，我们都很爱戴麦克阿瑟将军，我觉得他不应该犯重大错误，所以我们很失望，不只是惊讶，更多是失望。

虽然仁川登陆充分彰显了麦克阿瑟的军事才能，但他关于将战争扩大到中国的狂妄言辞，使美国总统杜鲁门恼羞不已。而一连串的失败，使美国这个自由世界的"领袖"在全世界丢尽脸面。为摆脱这种

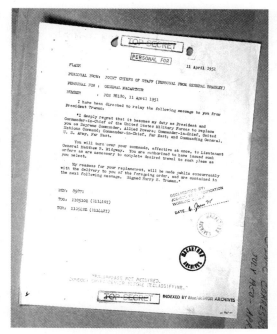

杜鲁门给麦克阿瑟的解职信

尴尬局面，麦克阿瑟便成为美国在朝鲜战争中失败的替罪羔羊。

这就是那份比新闻报道整整晚了一个小时才送到麦克阿瑟手中的解职命令，这份命令的下方一行文字格外醒目：

你要立即将你的指挥权交给你的继任者马修·邦克·李奇微将军

这份解职命令，同时也是一份任命书。接替麦克阿瑟继任"联合国军"总司令的是马修·邦克·李奇微将军。这位被杜鲁门总统钦点的继任者李奇微又是怎样的一个人呢？

在位于美国东部弗吉尼亚州的麦克阿瑟纪念馆中，我们找到了这张照片，吉普车中坐在麦克阿瑟身后的便是李奇微。这张拍摄于1951

年4月初的照片是他们二人在朝鲜土地上的最后一张合影。一身戎装的李奇微一副标准的军人模样，最为抢眼的是在他右侧胸口处悬挂着一枚手榴弹。

威廉·斯图克　美国华盛顿佐治亚大学历史系教授

作为指挥官，李奇微将军备受尊敬。二战中，他在欧洲战线中的伞兵部队效力，那是一个非常危险的工作。其中他表现出良好的领导能力和潜在的品质。他人缘很好，他是一个很帅的人。他随身戴着手榴弹，挂在脖子上，别在这儿，大家都叫他"铁人"，因为他在这儿佩戴了手榴弹。

李奇微从踏上朝鲜土地的那一刻，便挂上了这枚手榴弹。此举赢得了美国大兵们的喜欢和尊敬，因为他们觉得这位司令官更像是来上

麦克阿瑟和李奇微

战场打仗的，这也让李奇微与派头十足只擅长视察战场的麦克阿瑟形成了鲜明对比。

对于新任"联合国军"总司令李奇微，彭德怀对他并不陌生。早在1951年初志愿军发动第三次战役攻占汉城时，两人便有过一次未曾谋面的交锋。当时还是美第八集团军司令的李奇微，在慌忙撤离汉城指挥部的时候，还不忘亲手在自己办公桌上写下一行字："第八集团军司令谨向中国军队总司令致敬！"

杨凤安　时任彭德怀军事秘书

志愿军打到汉城的时候，他在汉城撤退的总部贴着，弄了块儿白布单子，这个是很明显，这个是有，向中国指挥官致敬，这个是有。

李奇微的这番致敬，除了向对手表达敬意，还有给彭德怀下战书的味道。在撤出汉城之后，李奇微重新调整了美军的战略部署，短短几个月内一度被志愿军打得节节败退的"联合国军"，又起死回生般地从三七线打回到了三八线。

正因如此，在志愿军司令员彭德怀的眼中，李奇微早已被看作是"最值得重视的对手"。如今，这位掌控了"联合国军"最高指挥权的老对手，面对中国人民志愿军即将发起的第五次战役，他们在朝鲜战场上又会上演怎样的对决呢？

陈兼　美国康奈尔大学历史系教授　中美关系史研究讲座教授

从当时的逻辑来看，第五次战役又是恐怕非打不可的战役。因为这一场仗从中朝方面来看的话，可以说是久经准备，尽了最大的努力，在后勤、军事方面的集结，包括空军支援方面，都做了最大准备。所以到最后开始打的时候，它集结的中国方面宣称是中朝方面70万人，中国军队55万人。它搞了12个军，朝鲜是3个军团发起进攻。那么当时的想法其实呢，它有最高目标最低目标，最高目标的话，就是通过这场战争有效地消灭敌方有生力量，就是要做到毛主席讲的一句话，让美军知难而退，也就是我不能把你赶出去，但是这一仗一打消灭你大量的有生力量，让你觉得你打不下去，你退出去。

1951年4月22日，也就是在李奇微上任仅仅11天之后，中国人民志愿军在朝鲜战场上打响了第五次战役。

透过收录于美国国家档案馆的1951年4月"联合国军"的布防图，可以看到，在朝鲜半岛中部从东到西"联合国军"布下了严密防线。在李奇微就任的11天中，他马不停蹄地奔波在前线各处，面对中国人民志愿军发起的大规模攻势，一张预谋已久的大网已悄然张开。

根据作战部署，中国人民志愿军第19兵团担负西线攻击任务，第63军作为第19兵团的主力部队，他们要最快速地穿插到汉城以东地域。此时挡在他们面前的除了美军的装甲部队之外，还有一道天险——临津江。

这里便是临津江，从韩国首尔向北驱车一个小时便可抵达江边。它是首尔北部的最后一道天然屏障。沿江而建的铁丝网表明这里依然是属于军方管控的敏感地带。宽阔的江面，湍急的水流，60多年前的那个夜晚，中国人民志愿军第63军面对强大守敌又该如何渡过这里呢？

胡清臣　原中国人民志愿军第63军第188师第564团作战参谋

我们没到江边以前，敌人炮火把公路封锁了，那火力很猛，敌人的炮很猛。敌人炮不打，我们就跑过去，敌人炮一打，那都卧倒，就是这样。后边我们到了江边，那江水流得很急。

根据中国人民志愿军第63军的作战部署，第187、188两个师作为先头部队利用夜色掩护率先渡江，第189师与军部作为第二梯队。

李英林　原中国人民志愿军第63军第187师第560团1营指导员

我们那个团过江还是很顺当的，你看那个第65军过江的时候，他那个伤亡挺大。我们那个团晚上过的时候，反正就这么深的水，水也不太很深，反正就是脱了裤子就过来了嘛。

李英林所在团利用夜色的偷袭战术果然奏效，仅仅20分钟，他们便在"联合国军"的眼皮底下抵达南岸。这一过程顺利得有些不可思议，但此时顾不上多想，已经渡江的第63军如同一把尖刀，结结实实地插进了"联合国军"的防线。

韩国临津江

贾文岐　原中国人民志愿军第63军第188师第562团指导员

敌人没有想到我们打得这么猛，所以一打他就蒙了，突破临津江，不像原来准备的要几个反复才能突破，一下子就突破了，一举就突破临津江了。

胡清臣　原中国人民志愿军第63军第188师第564团作战参谋

结果我们过去以后呢，第一线敌人都跑了。这个美国、英国的部队都是（这样），只要是有动静，他（们）一看我们过江了，他（们）都撤了。

美国国家档案馆馆藏资料

现在让我们回到1951年4月20日。1951年4月20日到5月20日，共产党军队发起了大规模的春季攻势。4月23日，中国军队在第一点发起攻击，有力地打击了首尔以北地区。在临津江地区，撤退下来的战士们收拢帐篷，撤退的人员中有英军、比利时军、菲律宾军和美军人员。这可能是很长一段时间内在这个地方的最后一餐了，因为报告显示有大量共军突破了临津江。

从这段拍摄于当年的影像资料当中，我们可以清晰地看到中国人民志愿军突破临津江之后，美军被迫向南撤离的场景。今年83岁高龄的贾文岐至今仍然清晰记得，志愿军部队突破临津江之后，抓获美军俘虏的情景。

贾文岐　原中国人民志愿军第63军第188师第562团指导员

突破临津江的时候，我那个连抓了11个还是13个俘虏，再以后天天打仗抓不到俘虏了，美国鬼子那时候跟兔子一样，跑得非常快，一接触就跑，一接触就跑，所以你抓不住他的俘虏了。

朝鲜中国人民志愿军总部旧址

那么，李奇微之前布下的严密防线为何在中国人民志愿军的进攻之下如此不堪一击呢？到底是刚刚上任的李奇微指挥无能，还是另有隐情？通过对美军每日战况的分析，我们从中找出了规律：在五次战役开始的几天，美军撤退的距离与志愿军进攻的极限距离几乎一致，并且始终保持这一节奏。

威廉·斯图克　美国华盛顿佐治亚大学历史系教授

李奇微将军想让"联合国军"保持战斗力，只有在必要时才选择撤退，而且撤退也保持着良好的秩序。总体来说，有一些小范围的撤退，当"联合国军"面对中国军队的进攻，而且在进攻早期。

如此有规律的撤退，的确是李奇微刻意为之，这也是他在朝鲜战场上针对中国人民志愿军独创的一门战法。在他刚刚接任美第八集团军司令之时，美军被志愿军穿插分割的游击战法打蒙了头，而李奇微却在节节失利的情形下找到了志愿军的薄弱环节。

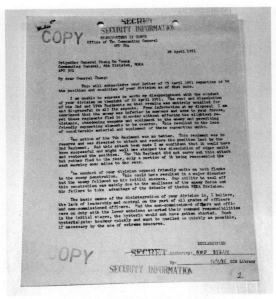

4月28日，李奇微给韩国第六师的信件

布莱德雷·林恩·科尔曼　美国弗吉尼亚军事学院亚当斯军事历史中心主任

他（李奇微）想要交战，即使是在撤退，但进攻是第一位的。同时他运用优势火力，在战场上攻击对手。无论是经过精确计算的空袭，或是火炮打击，特别是经过仔细计算的火炮打击，来对付战场上数量占优势的对手。而且他们有一种特别好的意识，他们知道中国军队后勤补给上的劣势，基于这一点，他们知道中国军队只能连续作战5到6天。他们对于战斗的各种考虑都基于此，这些都驱使他们战术策略的转变，比如拖延时间，坚守阵地攻击对手，以空袭和炮击来与对手交火，造成大量伤亡，因为他们知道对手撑不了几天。

　　由于当时抗美援朝战场上，中国人民志愿军后勤补给线遭到对手的狂轰滥炸，我军携带的干粮只能维持7天左右的进攻周期，这一薄弱环节被美军称之为"礼拜攻势"。而且志愿军每天作战距离均不超过20公里，这几乎是志愿军的进攻极限。所以李奇微只把部队撤到22公里，最远不超过25公里的地方停下休整。不与志愿军正面接触，但依靠其强大的炮火、空中优势不间断地持续反攻，不给中国军队以补充给养的时间，与中国军队拼消耗。待到志愿军消耗殆尽，便立即挥师反扑。这便是由李奇微创造、被形象地命名的"磁性战术"。

齐德学　军事科学院原战争理论与战略研究部副部长

　　所谓"磁性战术"，第五次战役是比较明显的。我们第一阶段在西线打，也主要是打美军。结果，我们打他，不是在那块硬顶。我们打，他就往后撤，每天撤退的距离，因为他基本上是机械化、摩托化部队，每天撤退的距离30公里，正好是志愿军一夜行程的距离。就是因为我们打都是夜间打，就是美国人说我们是"礼拜攻势""月圆攻势"，因为我们一般都是后半夜（打），有月亮，我们"月圆攻

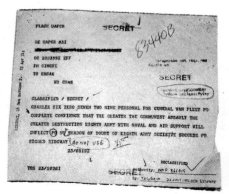

李奇微给范弗里特的密电

4月29日范弗里特的新闻稿

势"。我们一夜行程也就30公里，结果我们打了7天以后，他看你没劲了，他就反过来，就是只要你一停止，特别是你往后撤的时候，他马上就跟过来。

面对第五次战役中国人民志愿军的强大攻势，时任"联合国军"最高指挥官李奇微使出了他的"磁性战术"，企图拖垮志愿军。就在志愿军突破临津江之后的第二天，在李奇微发给第八集团军司令范弗里特的密电中，他用十分坚定的语气告诉他的这位继任者："共军越大规模的进攻，那么第八集团军在海空军支持下的破坏力也就更大，不要对第八集团军的胜利有一丝怀疑。"

威廉·斯图克 美国华盛顿乔治亚大学历史系教授
李奇微很自负，我的意思是要作为一名战场上的将领，你确实需要自负。但李奇微喜欢身边都是强大的人，不像麦克阿瑟喜欢溜须拍马的弱者，他喜欢人们对他说实话，而且李奇微对华盛顿政府上级很忠诚。

美国华盛顿国会山

李奇微的自负源于他对中国人民志愿军战法和后勤保障能力的了解。面对"联合国军"的这条磁性防线，中国人民志愿军总指挥彭德怀需要快速寻找到切断这条防线的利刃。

齐德学　军事科学院原战争理论与战略研究部副部长

第一阶段打完了以后，整个战场就是从东北到西南形成这么一种斜线的态势，东北那个方向主要是南朝鲜军，西南这个方向就是汉城周围，主要是美军和英军。这样就是我们看，彭德怀他们看到东线我们还有歼敌的机会，所以这样决定再打第二阶段，第二阶段主要是以打南朝鲜军为主，第二阶段打得也很好，计划是打3到4个南朝鲜师，实际上这3到4个南朝鲜师已经被我们歼灭了大部分。

通过撕开东部防线，"联合国军"完整的磁性防线被志愿军打开了豁口，这让自信满满的李奇微开始慌了手脚。此时坐镇东京总部指挥的他再也坐不住了，立即飞赴朝鲜前线视察战况。这份文件是他朝鲜前线巡视归来之后，发给美军第八集团军司令范弗里特的密电，此时他的口吻已变得异常愤怒。

"韩国第2师和第6师面对敌人的进攻采取消极抵抗的态度。尽管还有许多细节还在考证，但是十分清楚的是韩国第3、第5、第7和第9师丢弃了大量的武器装备，我们正继续努力纠正这种可悲的情况。"

威廉·斯图克　美国华盛顿佐治亚大学历史系教授

在"联合国军"中，南韩军队则表现得不那么好。中国军队预料到这种情况，因此他们将前期集中攻击由南韩军队组成的"联合国军"防线。经常的情况就是在巨大的压力下，南韩的军队就崩溃了。因此这就造成了一点，中国军队可以缴获很多南韩军队的武器，这其中大多是美军的装备。此外，有时英国的军队或者美军的侧翼是相连

接的，因此，英军和美军必须后退，要不然就会被包围，就像英军
（之前）那样。当然李奇微和范弗里特不愿这种事情发生。

尽管此时中国人民志愿军在前线的攻势稳步推进，但是美第八集
团军从西线增援而来的部队迅速弥补了这一缺口。随着战线的拉长，
志愿军后勤补给的漏洞凸显了出来，一个巨大的危机此时正在悄悄逼
近。

胡清臣 原中国人民志愿军63军第188师第564团作战参谋

咱有什么困难，就是粮食上不去，子弹也上不去，打了几天了，
粮食吃完了，子弹也基本上不多了。

吴寿安 原中国人民志愿军63军第187师政治部组织科长

没有补给你不行啊，没有补给你得吃吧，枪炮你得有弹药吧，你
打完了还怎么打。

贾文岐 原中国人民志愿军63军第188师第562团指导员

我们自己心里觉得没有多大底儿了，弹药不多了，没吃的，好
多战士夜盲了，得了夜盲症了，晚上看不见东西，非得拿着棍拉着他
走。

这正是李奇微期盼已久的战机。此时的他与范弗里特之间一直通
过书信往来，反复讨论中国军队到底还有没有粮食、有没有弹药了。

1951年5月19日，李奇微又从东京紧急飞赴朝鲜前线，他召集了
第八集团军几乎所有的高级指挥官，在会议中他下达了一道最终指
令——5月20日对志愿军部队实行全线反击。此时李奇微的心中有一
个更大的目标，那便是铁原。

这是《李奇微回忆录》中，他在下达反击命令时的一段描述：

"如果可以的话，比较理想的做法是我们可以威胁甚至是夺取铁三角地带，那里有从东北过来的铁路，还是多条公路的枢纽地带，这一切使得铁三角地区成为了敌人供应补给的心脏。"

所谓的铁三角，是指位于朝鲜半岛中部的铁原、金化、平康三地，这里是当年汉城至平壤铁路的必经之地，也是几条重要公路的交会地。这里山峰耸立，山岭连绵，是中国人民志愿军囤积、转运物资的重要战略交通枢纽，也是攻击敌人、遏制对手进攻的战略要地。铁原一旦被敌人占领，就会割裂志愿军东西线的联系，对后方基地及整个战场局势造成严重威胁。

齐德学 军事科学院原战争理论与战略研究部副部长

他来势凶猛，规模很大。他整个反扑，第一线是用了14个师还有2个旅，另外还有3个师和2个旅做预备队，采取了他们叫就是机器化步兵、炮兵和坦克组成的特遣队，就是沿着公路只要有空隙他就往我们后边插。

就在李奇微准备疯狂反扑的第二天，久经沙场的彭德怀对前线的态势及时做出了准确判断，鉴于遏制和粉碎"联合国军"继续扩大朝鲜战局的作战企图已经达到，彭德怀命令前线各部立即停止进攻，准备后撤至三八线附近，转移休整待命，进入防御作战。

杨凤安 时任彭德怀军事秘书

到了5月21号就停止了，为什么停止呢，因为一打敌人就退了，我们一下子追了很远，但是没有怎么抓住敌人了。所以你再往里深（入）也不行了，所以到了21号，彭老总下令停止追击，所以也就是说五次战役是在胜利的情况下往后部队撤下来，准备撤。

这是一场智者的较量，任何一丝的疏忽，接下来的历史都将会被改写。今天的我们，只能通过这一份份写满岁月痕迹的文件来找寻战场的真相。这份1951年5月美军第八集团军司令范弗里特活动简章中这样记述了5月21日的内容：

第八集团军司令长官向李奇微将军报告：敌人已经不再有进攻的势头了，第八集团军第一步将抵达托皮卡线，随后将攻击铁原、金化、平康的中心地区。

铁原，一场恶仗即将来临！历史，将一副结结实实的重担压在了中国人民志愿军第63军全体将士的肩膀上。

第二章 临危受命

面对危情，时任中国人民志愿军第 63 军军长的傅崇碧以及军中的每名将士临危受命，打响了铁原阻击战的第一枪。他们的面前是"联合国军"的猛烈炮火，他们的背后是正在后撤的志愿军主力部队。这支担负阻击任务的部队究竟能否迟滞敌人钢铁战车推进？

议政府地区驻军众多

距离韩国首都首尔仅8公里的议政府市是著名韩国料理——"部队汤"的起源地,这道料理是在韩国传统的酱汤中加入午餐肉、泡菜、面条等烩制而成,便宜而美味,很受当地人们喜爱。

议政府市由于身处朝鲜半岛的军事要地,至今驻军众多。在这里生活多年的老人们告诉我们,朝鲜战争期间这里一片焦土,活下来的人没什么吃的,只好捡美军的过期罐头,无论什么都炖成一锅,结果成了一道保留菜沿袭至今,人们形象地称它为"部队汤"。

议政府"部队汤"

韩国民众

据我所知，美军在我们国家困难的时候，留下了一些火腿之类的食物，所以就叫"部队汤"。

金基淑　韩国部队汤火锅店店主

在（20世纪）六七十年代我经营过一个路边摊，经营了3年，但是那时候是找不着肉的，而且我们也不能用肉做菜，为什么这么说呢？因为如果我们出去的话会被美军抓起来，那时候当然都很辛苦啦，都没有办法形容那种苦，真是流着泪过来的啊。

韩国议政府部队汤火锅店店主金基淑

然而，即使是这种极为简易的食物，对于大部分中国人民志愿军将士来说，依然是遥不可及。1951年5月，当第五次战役第二阶段战斗结束时，就连志愿军第63军军长傅崇碧都好几天没吃上炒面了。

傅亚丽　原中国人民志愿军第63军军长傅崇碧之女

就没得吃，说他们那个炊事员能找点黄豆，炒点黄豆，人没事儿，就是饿了的时候，就嚼点黄豆，觉得也能充充饥。

王尚武　原中国人民志愿军第63军第188师侦察科长

第五次战役我们到了第二阶段的时候，什么吃的都没有，我就剩这么多炒面。侦察员还要（说），队长给我点儿吃吧，把这给我点儿，我执行任务去，拿走。山头上趴一天，回来晚上以后没得吃。

陈明月　原中国人民志愿军第63军第187师第559团警卫员

困，都超过了渴、饿，困了就跟死了差不多，一边走一边睡觉。

就在中国人民志愿军第63军的将士们人困马乏，急需休整补充粮食、弹药时，1951年5月27日，一封中国人民志愿军司令员彭德怀的直送电报突然递送到了军长傅崇碧的手里。在朝鲜战场上，军一级的电报一般由兵团抄送，而这封发自中国人民志愿军总部的电报一定有着非同寻常的紧急情况。

杨凤安　时任彭德怀军事秘书

一般的过程当中，电报什么我们也可以起草。但是，重大情况的时候，都是彭老总亲自起草。

原中国人民志愿军第63军军长傅崇碧

中国人民志愿军向前线运送粮食

马兆民　原中国人民志愿军第63军第188师第563团团长

朝鲜这个（电报），它有个规律，如果是志（愿军）司（令部）的命令，司令、政委、副司令、副政委什么都有，这是一般的命令；比较急的命令就三个字——彭德怀。

1951年，时任中国人民志愿军第63军军长的傅崇碧年仅35岁，从这张照片中，我们能够依稀感受到这位身高超过一米八的年轻将军，尽管年龄不大，眉宇间却带着一份历经战场磨砺的沉静和儒雅。而此时，手握彭德怀司令员的这份紧急电报，傅崇碧感受到的却是前所未有的沉重。

傅亚丽　原中国人民志愿军第63军军长傅崇碧之女

我爸爸说了，当时19兵团司令员杨得志三番五次讲这个重要性如何如何艰巨，他说那肯定这任务是非常非常重要。

原中国人民志愿军第63军军长傅崇碧的女儿傅亚丽

王创明　《傅崇碧回忆录》整理者

他是非常有压力，因为打了这几天之后，他就知道为什么彭总一天一个电话给他打，他就感觉到这个态势肯定非常严重。

那么这究竟是一份什么内容的紧急电报？彭德怀为什么会直接给志愿军第63军发报，此时前线又出现了怎样的危机呢？

1951年4月22日，为挫败以美国为首的"联合国军"从我侧后翼登陆、在朝鲜蜂腰部位建立新防线的企图，中国人民志愿军发起遏制敌人战争阴谋的第五次战役。战役前两个阶段，隶属第19兵团的志愿军第63军担负西线的主攻任务，从临津江南下一路势如破竹，攻克了议政府，直插到当时韩国的首都汉城以东，有力牵制了敌人西线的兵力。

然而随着战线的拉长，中国人民志愿军后勤补给的漏洞日益凸显了出来，只携带了7天干粮、弹药的志愿军，在战场上不再具备猛烈的进攻优势。1951年5月21日，彭德怀司令员果断下令："前线各军

位于北京市海淀区的中国人民解放军档案馆

停止进攻，转向三八度线进行休整防御。"

在位于北京市海淀区的中国人民解放军档案馆里，我们找到了这份命令的原文。为了防止快速机动能力占尽优势的"联合国军"跟上来，彭德怀在命令里还特别叮嘱："各兵团撤退时一定要留一个师至一个军的兵力监视和阻击美军，从撤退的位置起，要采取节节阻击的方式掩护主力撤退。"

萨苏 抗美援朝战争研究学者

彭德怀已经越来越注意到后勤的问题，并且下令了部队开始后撤。那么这个后撤是一个战术性的后撤，而且这是最开始没考虑到美军在什么时候反击的，所以我们当时是想什么呢？既然是你准备要反击我，而且我确实现在补给已经顶到头了，那么我就在顶到头的时候主动后撤，主动后撤以后我就跟我的补给点就接近了，我就能拿到补给。那这时候我的战斗力就倍增了，就可以跟你再继续打下去，所以这是一个有计划的后撤。

彭德怀

　　彭德怀是对的，30年的战争经验让他极其敏锐地嗅出了"联合国军"总司令李奇微图谋利用机械化机动优势向志愿军发起反攻的危险信号。尽管中国人民志愿军有所防备，却依然没能挡住一个巨大危机的骤然到来。

　　在位于美国东海岸华盛顿的美国国家档案馆军史馆内，我们查阅到了美国朝鲜战争官方军史《潮涨潮落》，其中清晰地记载："1951年5月20日，美军第八集团军第1军和第9军在空中力量的掩护下，配属英国、加拿大、南朝鲜等各国部队首先在西线开始发动进攻"，继而在"中线、东线全面展开反攻"，其总指挥是美军第八集团军司令詹姆斯·范弗里特中将。

位于华盛顿的美国国家档案馆军事馆

摄制组工作人员在美国华盛顿国家档案馆查阅、扫描历史照片

齐德学　军事科学院原战争理论与战略研究部副部长

我们一撤，他就黏上你，他就反扑了。他这个反扑虽然志愿军事先有估计，如果没有估计的话，我们前面不会留部队了，对"联合国军"的反扑有估计。但是，"联合国军"的反扑来势非常猛、规模非常大。

作为李奇微升任"联合国军"总司令后钦点的美军第八集团军继任者，范弗里特在美军中获得了李奇微的绝对支持。在这本李奇微晚年所著的《朝鲜战争回忆录》里，他特别提到："我的个人态度，是要放权，将权力全权交给范弗里特。"那么能得到李奇微如此信任的范弗里特中将究竟是一个怎样的人物呢？

李奇微晚年所著的
《朝鲜战争回忆录》

李奇微《朝鲜战争回忆录》片段

詹姆斯·范弗里特战后接受美国媒体的采访

在华盛顿的一家书店里，我们发现了1954年朝鲜战争结束后美军第八集团军司令詹姆斯·范弗里特接受美国媒体采访的录像，在这段从未在中国披露的视频中，范弗里特言行谦虚谨慎，对记者提出的问题回答得十分小心。

【美国电视采访】《国家的成就》片段

记者：你觉得共产党军人怎么样？

范弗里特：他们都是好样的，很了不起的军人，他们勇敢、纪律性强、视死如归。

记者：你觉得你在朝鲜战场上学到了哪些你在希腊没有学到的东西？

范弗里特：是的，我学到了很多很多。

韩国上将白善烨

据当时的韩国上将白善烨回忆，范弗里特和麦克阿瑟、李奇微这些美军高级军官不同，他是少有的"从不会和总统李承晚发生争执冲突，而是一直保持着非常和谐的关系"的美军军官，"温和得像从农村出来的一样"。

萨苏　抗美援朝战争研究学者

范弗里特在美军中人们说他有四大，什么大呢？个子大，个高，腰围大，肚子大。个子大，腰围大，胆子大，他在美军之中是敢打，敢往前冲的。第四就差点事了，弹药消耗大。

范弗里特身材高大、体格健壮，但与外形截然不同，我们在镜头里看到的永远是他温和恭俭的笑容。然而这位美国将军，在朝鲜战场上却极力主张以猛烈火力对付中国人民志愿军有生力量。在后来攻击

镜头前温和的詹姆斯·范弗里特

983高地时，9天消耗炮弹36万发，平均每门炮每天发射炮弹350发，这种弹药消耗被称之为"范弗里特弹药量"。

【美国电视采访】《国家的成就》片段

记者：（在朝鲜战场上）什么是最值得称赞的，对于范弗里特将军你来讲？

范弗里特：怎么说呢？我杀了很多人。

萨苏 抗美援朝战争研究学者

范弗里特是一个真的一打仗就狂热的这样一个将军，所以他就是进攻进攻进攻。那范弗里特用什么办法？我炸平它，所以范弗里特始终就特别强调所谓火海战术，飞机和重炮的合击。

美国弗吉尼亚州军事学院马歇尔图书馆内景

美国弗吉尼亚州 马歇尔图书馆

保罗·巴伦：这是你们要找的，过来看看。这是对你们的研究非常有用的信息，因为这儿有非常多的细节，比我之前了解的还详细。

在位于美国弗吉尼亚州的马歇尔图书馆里，管理员保罗·巴伦向我们展示了一封范弗里特上任不久后，写给第八集团军全体士兵的书信手稿，从字里行间不难看出，此时的他信心爆棚，表现出了赢得朝鲜战争的必胜姿态。

"在我担任第八集团军司令的第一个 10 天里，我已经见识到了第八集团军空前的素养、专业能力、意志力、勇气，等等……李奇微将军和我对第八集团军有信心，我们一定会赢。"

布莱德雷·林恩·科尔曼 美国弗吉尼亚军事学院亚当斯军事历史中心主任

在整个行动中，他为了对付志愿军挖空心思，大量地调动部队，企图最大限度造成中国军队伤亡。

This renewed battle is for the preservation of life, liberty, and the right to pursuit of happiness of all free men. These are fundamental in the rights of man — the rock upon which our civilization is founded — and they are the first rights which Communism denies its own people.

The time has come when all men of the free and decent world must steel their souls to face the desperate, bitter and uncompromising battle with armed communist aggression. Our strength rests on the solid foundation of belief in God and the rights of man rather than on the will of dictators imposed through cruelty and the complete disregard of human rights.

General Ridgway and I have complete confidence in your ultimate victory.

We all ask for divine guidance and God's blessings for a righteous victory.

JAMES A. VAN FLEET
Lieutenant General, United States Army
Commanding

范弗里特写给第八集团军全体士兵的书信

马歇尔图书馆为配合摄制组拍摄准备的资料目录

2013年10月16日，采访美国弗吉尼亚州军事学院教授布莱德雷·林恩·科尔曼（左起姚寅子、布莱德雷·林恩·科尔曼、杨杰、薛欣、冯珈）。

2013年10月16日美国弗吉尼亚州军事学院马歇尔图书馆，采访拍摄管理员保罗·杨（左起薛欣、迟鹏、保罗·杨），拍摄者姚寅子。

范弗里特的自信是有理由的。除了他和李奇微筹谋已久的反攻计划，他的自信更来自于第八集团军所有精锐倾巢而出的大手笔。1951年5月21日，仅仅在"联合国军"发动反攻一天后，西线美一军就推进到了议政府一线，直线距离达到了80至100公里，这远远超过了仅靠两条腿走路的中国人民志愿军的行军极限。

面对"联合国军"的快速反攻和新的进攻方式，起初大多数中国人民志愿军官兵并没有意识到危险的降临。由于第五次战役前两个阶段的战斗打得十分顺利，接到撤离命令的时候，官兵们几乎都认为这是一场"得胜回师"的行动，对"联合国军"可能会进行大规模反击缺乏充分估计。

贾文岐　原中国人民志愿军第63军第188师第562团指导员

战士没这个思想准备，我们的基层干部也没这个思想准备，那个劲头还盼着补充弹药打过去呢，我们那个劲头还是攻呢，但是上级说不要攻了。

贾文岐　原中国人民志愿军第63军第188师第562团指导员

魏应吉 原中国人民志愿军第63军第189师营教导员

魏应吉　原中国人民志愿军第63军第189师营教导员

1营2连在上面打得正激烈的时候，那会儿团里的副参谋长张光友打电话叫我部队立即撤退，任务完成了，你们赶快撤。我说现在怎么往后撤呢？这一会儿打得（正激烈）怎么撤啊？他说那不行赶快撤，你不撤就危险。

1951年5月23日，西线，美一军突入中朝军队防线得以长驱直入，给正在转移的志愿军主力部队带来了致命威胁。在这天志愿军第19兵团的前线急电中，几份电报内容均让彭德怀惊出了一身冷汗："付出整营、整连与阵地共存亡"、"有的阵地，最后人、枪、阵地均失，整个建制打掉，这对我们是非常不利的"。

齐德学　军事科学院原战争理论与战略研究部副部长

志愿军的主力在转移开始以后，因为"联合国军"迅速发动反扑，这个时候志愿军担负在第一线阻击任务的部队，有的还没有展开，有的还没有到达阻击位置，所以这样就造成了整个志愿军战场局面的被动，造成有些部队被分割、甚至被包围，最后造成严重损失。

魏应吉 原中国人民志愿军第63军第189师营教导员

一说撤呢，敌人那个有30辆坦克压着议政府就上来，一看我们这儿还有部队，他就停了，坦克就对着我们那山边老打，一会飞机也来了轰炸，轰炸到走不了，我们就靠到那座山上去了。

吴寿安 原中国人民志愿军第63军第187师政治部组织科长

我们部队刚过来，敌人坦克就过来了，他们动作很快，他都机械化。

1951年5月26日，当中国人民志愿军第19兵团第63军艰难地撤退到预定地点时，"联合国军"距离志愿军的后勤基地铁原仅仅只有20公里。

此刻，铁原城内中国人民志愿军的物资和后方机关正在撤离，而从前线陆续撤退下来的部队也需要在这里获得补给，建立一条新的防线。更危急的是，铁原以北一马平川，是最适合"联合国军"机械化部队行动的区域，如果被"联合国军"抢先占领铁原，中国人民志愿

美军坦克

军的防线就会被撕裂，处于极端不利的境地。保铁原，就是保志愿军主力部队的安危。霎那间，小小铁原，关系到抗美援朝战争的全局。

齐德学　军事科学院原战争理论与战略研究部副部长

铁原再往北、西北，那就是我们一个后方基地，如果突破铁原—涟川这一线，那我们后方基地就受到了严重的威胁。

紧要关头，彭德怀迅速提笔拟报，而这份电报直接发到了距离涟川—铁原一线最近的中国人民志愿军第63军军长傅崇碧、政委龙道权手中，"敌人追击性进攻的很快，你们在文岩里、朔宁、铁原之间地区应取坚守积极防御"，并多次强调一定要"不惜代价，坚守阵地，无上级命令不准撤退"。

此时的中国人民志愿军第63军军长傅崇碧手拿这份电报，眼前是刚刚从血火中拼杀出来的兄弟，不知临危受命之时，面对一场注定要付出重大牺牲的生死阻击战，这位年轻军长的心中激起了怎样的波澜？

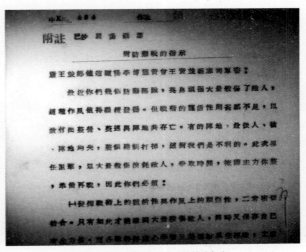

中国人民志愿军第19兵团的前线急电

《傅崇碧回忆录》整理者王创明

萨苏 抗美援朝战争研究学者

再往前冲是哪里？就是铁原了，这时候整个铁原城前面就剩十几公里的地方，十几公里。但是，我们这边需要守多长时间呢，从各个部队开始朝后面后撤的这个时间计算，至少还要半个月。十几公里守半个月，这个任务让谁来担呢，就只剩下我们正在从右翼向左翼运动，正在运动之中的63军，那么傅崇碧当时叫临危受命。

在河北省石家庄市一座老式居民楼里，我们见到了傅崇碧将军晚年编写回忆录时期，参与整理材料的作家王创明。他也是唯——位完整地听傅崇碧回忆过铁原阻击战的历史见证人。

同期

王创明：他是用铅笔写的，写在北京军区司令部这个稿纸上的。

《傅崇碧回忆录》手稿

这本《傅崇碧回忆录》行文十分简单精练，并没有太多语言修饰和情绪的表达。在王创明的印象中，这几乎就是傅崇碧将军干净利落的军人作风。

王创明　《傅崇碧回忆录》整理者

我觉得这基本上还是符合他本人的风格的，他不去过多地张扬无关的东西，看着好像有点简单，但是他起码没有过多的失误的东西，或者误导的东西。

长相英俊的傅崇碧常常被人看成是一员儒将，人们却哪里知道他在战场上的勇猛和决绝。傅崇碧16岁加入中国工农红军，走过长征路，参加过八年抗战。在解放战争攻打石家庄的战役中，时任冀晋军区第10旅旅长的傅崇碧曾带着一个连趁夜黑摸进敌指挥部，活捉了当时国民党在石家庄的最高指挥官——刘英。

抗美援朝战场上的傅崇碧

傅亚丽　原中国人民志愿军第63军军长傅崇碧之女

拿枪顶着刘英的脑袋，我爸爸说，叫停，你要不下命令投降，我一枪崩了你，就拿枪顶着他（刘英），这才下了命令投降，要不（解放军）损失大了。

王创明　《傅崇碧回忆录》整理者

人们一直感觉到他好像是政工干部那种特点稍微多了一些是吧，实际上他的军事的特点，他打仗的能力，他战场亲自指挥这个能力是非常强的，他一个是很有头脑，第二个他是非常果断。

1951年5月27日，随着"铁原阻击战"这道紧急命令的送达，傅崇碧军旅生涯中最艰难的一仗即将拉开序幕。60多年后，我们在这本由军事科学出版社出版的志愿军《第五次战役战事报告》里看到了这样的描述：19兵团司令员杨得志非常担心第63军，他问："傅崇碧他们怎么没有提出什么困难呀？我们要主动问他们一下。"而当他找到傅崇碧时，傅崇碧已经在第189师阵地上指挥部署了。政委龙道权也早已把政治工作指示下达到各师，要求全体指战员"不怕孤军作战，不怕流血牺牲，发挥独立作战能力，要像钉子一样，钉在前沿阵地"。

王创明　《傅崇碧回忆录》整理者

他就感觉到这个情况特别紧急，太紧急了，但是呢作为他来讲，那是无条件地完成这个任务，尤其是彭老总交的任务，那是坚决完成，毫不含糊的，对他来讲没有任何犹豫，也没有讲任何条件。

抗美援朝纪念馆展示的志愿军指挥所内景

然而，傅崇碧的争分夺秒，并没能为他争取到更多的准备时间。在中国人民志愿军第63军接到命令的10个小时后，第19兵团给志愿军司令部回复的一封急电，这份名为《六三军任务可能难完成》的电报在开头就提到"63军尚未布置完，敌人先头坦克和汽车部队已到涟川附近"，并提出了给63军补充500名有作战经验的老兵，并将65军的194师配备给63军等补救措施。

杨凤安　时任彭德怀军事秘书

（彭德怀）着急，急得浑身是汗，在抗美援朝山洞子里穿着个裤衩，弄着蜡烛在地图上到处在看什么的，一会儿发一个电报，一会儿什么，我们就在旁边盯着他。

彭德怀在朝鲜战场

同期

王创明：这段是他自己补充上去的。对铁原阻击战，他就讲："彭德怀司令对铁原阻击战非常重视，每天至少亲自打一次电话，有时两三次电话问战斗情况，每次都说不惜牺牲代价、顾全大局，一定要阻止敌人前进。"

此时"联合国军"已近在咫尺。5月27日，美军第八集团军司令范弗里特在前线激动地发表声明——"我们的追击战术有用，已经突破了大量的志愿军阵地。我的军队已经懂得了什么是追击的精神，就是不停地逼近，下一步的主攻方向是铁原—金化一带。"千钧一发之际，临危受命的傅崇碧要如何顶住已箭在弦上的"联合国军"呢？

韩国涟川—铁原—线的旧战场

这里是当年涟川—铁原—线的旧战场，从高空俯视很容易看出，在连绵起伏的丘陵地带中只有几条主要的交通线，依靠机械化推进的"联合国军"要想突破，就必须先打通这些道路，因而守住交通要道旁的据点是打阻击的重头戏。

威廉·斯图克　美国华盛顿佐治亚大学历史系教授

那儿有很多高地，有很多运输队从下面通过。如果高地被控制，那么运输队也将被控制。所以一旦你丧失了高地，在山谷中通过的运输队也将被控制，那将丧失很多补给，所以我们需要占领这里。

美军在朝鲜战场上消耗的弹药数量巨大

　　傅崇碧把志愿军第63军的3个师布成了一个品字形，前方左翼的是第189师，右翼为第187师，分别依涟川至铁原的公路、铁路两侧防御，后方担任预备队的是第188师。

　　1951年5月28日，"联合国军"开始向涟川、铁原方向增加反扑兵力，并有一路沿着涟川至铁原的87号公路开进。此时，阻挡在强敌之前的是第189师布防的区域。在这里第189师共14000余人，从左到右一线展开。而"联合国军"则投入了整整6个师1个旅1个团的兵力，其中美军达4个师，装备火炮1300余门，坦克180余辆，一个小时向志愿军第189师阻击阵地上倾泻的炮弹竟然达到了4500吨。

　　这一仗，几乎让范弗里特一夜成名。据战后美国国防部统计显示，他在反击作战中使用的弹药量，是美军作战规定允许限额的5倍以上，至今人们都常用"范弗里特弹药量"这个专有词来形容不计成本、火力制胜的疯狂打法。这位看上去很容易"亲近"的美国将军就这样在朝鲜战场上打出了名气。

贝文·亚历山大　美国朝鲜战争前线观察员

一夜能用44000发炮弹，难以置信用那么多。当你听见成百上千发炮弹响彻深夜，你将永远不能忘记。我从来不会忘记，整个天空被电光覆盖，并且声音一直都在耳边回响。我离主战场15到20英里远，我仍然可以清晰地听到（炮声），就像是在我的隔壁一样。

比尔·尼莫　美国朝鲜战争老兵

在华盛顿方面，国会议员们开始注意到战争开销，炮兵的军事行动会花费很多，步枪子弹也很贵，尤其是大口径火炮耗资巨大，所以华盛顿开始质疑，为什么需要这么多次射击？这是必须的吗？我们的回答是，因为中国和北朝鲜军也同样在攻击我们。

面对"联合国军"不惜血本的进攻架势，傅崇碧十分清楚以自己缺粮少弹的撤退之师对阵锐气正盛的机械化部队，志愿军第63军几乎没有任何胜算。然而，阻击之战想把优势敌人顶住，他要做的就是不惜一切代价将对方"打疼"，那么接下来的生死阻击又该怎么进行呢？

这里是位于韩国涟川郡的种子山，海拔643米，山脚下的汉滩江和江面垂直的众多悬崖绝壁交相辉映，风景雄美秀丽。在韩国，种子山有"求子祈福"的寓意，而1951年这个因为繁衍生命而得名的山头，却成为了吞噬生命的地方。

航拍韩国种子山

那几日每逢交手，傅崇碧都在琢磨美军的作战特点，他发现在陆地战场上，美军主力在行军中绝不肯将自己的侧翼和后方暴露给对手，每到一处必须将周围的对手阵地先清扫干净才会继续前进。

在李奇微所著的《朝鲜战争回忆录》中，对这种作战方式做出了详细解释，他骄傲地将其比喻为自己最擅长的"美式橄榄球"，认为必须"在一起""形成一条线向前进攻"才不会给对手有机可乘。然而美军这种极为谨慎的作战习惯却给了志愿军一个绝好的机会。傅崇碧要用一块连一块的阵地拖垮美军的进攻节奏，而首战就是种子山。

萨苏 抗美援朝战争研究学者

这个地方实际上是一个非常陡峭的山峰，但它所控制的地方使它成为当时兵家必争之地。它一面临的是汉滩江，这边就没法攻它。另外两面正好对的是当时南朝鲜的87号国道，它一个回环转弯处。那么控制了它以后，首先它自己这个山峰比较高、比较陡，你攻它不容易，那美军开始也没想攻它，你这个山就在这吧，然后我从旁边过去就完了。但是，它这个位置正好控制你的公路，只要在山上有我们的部队的话，用重机枪就可以把你这个整个公路给你切断了。

傅崇碧命令第189师全师分成若干单位，分布在种子山周围的各个阵地上，每一个阵地上配置的兵力火力，都能使其变成为一根插在美军身旁的"钉子"。陷入了不断"拔钉子"作战的美军，虽然凭其火力兵力优势往往能够从志愿军手中夺取阵地，但却不可避免地放慢了前进的节奏。

萨苏 抗美援朝战争研究学者

美24师的罗伯特少校在他的回忆录里面写到，他说当我们打到堪萨斯线的时候呢，我们仿佛进入了一个陆地沼泽。什么叫陆地沼泽呢？他就说我们好像老打不着我们要打的目标，但又好像四周到处都是目标。这个实际上罗伯特描述的就是他们在铁原所陷入的窘境。

"联合国军"总司令李奇微（右）

美军炮轰志愿军高地

贝文·亚历山大　美国朝鲜战争前线观察员

我们西方，建造了所有的机械设备，认为战争的唯一方式是机械化战斗，事实上麦克阿瑟也是这样说，利用装备去打败你的敌人，因为你的装备比别人的好。但是中国人说我们没有这些装备，但是我们又必须去打仗，我们可以依靠智慧去做到。

1951年6月2日拂晓，恼羞成怒的美军再次增加兵力，向中国人民志愿军第189师正面发起轮番进攻，并调集航空兵用重磅炸弹轰炸第189师纵深。第189师损失惨重，大多数官兵牺牲在美军的炮火下，由于敌我武器装备悬殊，种子山一度失守。

在中国摄制组到韩国种子山实地拍摄的过程中，79岁的当地老人任荣浩向我们讲述了他亲眼所见的情形。

任荣浩　韩国涟川郡种子山地区村民

中国军每十人就有一把冲锋枪，就是分队长带着那把（冲锋）枪，就那样过的，因为是肉搏战，所以用刀刺，所以到处是血。

王尚武　原中国人民志愿军第63军188师侦察科长

敌人有的我们没有，我们就是有点儿也比敌人少得多。我们入朝带的炮都是山炮，最大的炮就是山炮，人家最小的炮都是105的榴弹

2013年5月11日摄制组实地拍摄韩国种子山

炮，战士手里拿的最重的武器是反坦克手雷，敌人坦克上来，我拿这个手雷打，靠的是勇敢，敢打敢拼，靠毛泽东思想，不靠这个靠什么啊，靠哪个都不行。

在这种情况下，中国人民志愿军第63军军长傅崇碧很清楚美军进攻的决心和第189师承受的压力。此时此刻，担任预备队的志愿军第188师已经开始进入阵地，准备接防。但由于第188师的工事还没有完成，第189师至少还要在自己的阵地上继续坚守一天。

魏应吉　原中国人民志愿军第63军189师营教导员

没有什么人了，把那营里边后边的炊事员、团部的人啊，组织上去一直抵抗，抵抗到山上没有多少人撤下来了。

杨恩起　原中国人民志愿军第63军第189师战士

排长牺牲了，我们的副班长牺牲了，班长挂花（受伤）了，真正战斗兵就剩我自己了。副连长说子弹我也没有，手榴弹也没有，你告诉你们班长，剩下一个人也要把我军阵地给守住，人在阵地在。

这一天，注定是志愿军第189师最难熬的一天。24小时，放在平日里可能并不算什么，然而眼下，大量减员的第189师却实在没有把握能熬过这24小时了。

陈雪涛（女）　原中国人民志愿军第63军机要科机要参谋

打仗啊，指示、报告呀，多得很，一直发不完的。就从早上起来一直到晚上也有工作，就一直发、一直发，每天。

吴寿安　原中国人民志愿军第63军第187师政治部组织科长

敌人的炮火那就是打得最激烈的时候，不分班，哗哗地一排一排地，一波一波地（打）。

就在这一天，中国人民志愿军第63军军长傅崇碧亲自下到前线督战，他带去的命令是夜袭刚刚被美军攻占的种子山，并死守到最后一刻。

王创明　《傅崇碧回忆录》整理者

他的性格非常有特点，就是说他认准的事儿，他认为可以干的事儿，那就是毫不犹豫，而且必须干到底，就是掉了脑袋，或者就是死了，对他来讲没有任何犹豫。

傅亚丽　原中国人民志愿军第63军军长傅崇碧之女

当时是彭德怀几次（打电话）到军里给我爸爸下死令，就说不管付出多大代价，你也要把铁原阻击战要坚持住。

傅崇碧并不是杀红了眼，而是战事到了这一步他不得不走险棋。神出鬼没的夜袭是志愿军在朝鲜战场上的强项，而美军最怕夜战，一到晚上就偃旗息鼓。此时刚刚爬上种子山的美国大兵大都历经五六天的苦战，斗志几乎耗尽，这给志愿军即将开始的突然袭击敞开了口子。

入夜，志愿军夜袭突击队兵分两路从种子山脚下的阵地开始向前摸进。种子山山高路陡，再加上几天前刚下过雨，非常湿滑难爬。

志愿军发动夜袭

杨恩起　原中国人民志愿军第63军第189师战士

山陡得很，爬一步往下滑一步，最后敌人发现了，发现后他就往下扔两个手榴弹，这边扔一个那边扔一个，就把鼻子震流血了，那边那个手榴弹炸伤咱们八个人。

眼见被敌人发现，战士们一跃而起向前冲去，此刻另一分队也在前山方向同时打响，两面遭到袭击的美军顿时陷入了一片混乱。据第63军军史记录："这一仗，打敌措手不及，歼敌五十余人，收复了种子山阵地。"美军费了九牛二虎之力夺下的种子山，仅控制不到12个小时，就又回到了我军手中。

第二日，愤怒的美军再次卷土而来，志愿军第189师死守阵地，很多连队直到打完最后一个人，始终没有后退半步。官兵们硬是用自己的血肉之躯死死地卡住了美军这架高速运转的机器。

原中国人民志愿军第63军第189师战士杨恩起

杨恩起 原中国人民志愿军第63军第189师战士

把新衣服、新鞋、新帽子都穿上了，随时都准备死。

樊自源 原中国人民志愿军第63军工兵办公室参谋

每一个战士都抱着一个地雷，然后就隐蔽起来，坦克上来，真是冒着生命危险，就硬连爬带滚地滚到这个敌人坦克的底下，把地雷塞到它底下，这样炸了不少的坦克。

贾文岐 原中国人民志愿军第63军188师第562团指导员

你想我们一个排长是枣强人，炸得，叫敌人的炮炸得什么也没有了，就找到了一只鞋，我们就给他埋了一只鞋，说想起这些来心里头不好受。

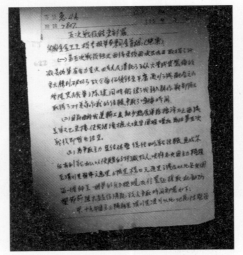

中国人民志愿军第五次战役结束进攻向后方撤退的命令

晚年的傅崇碧

1951年6月4日凌晨，中国人民志愿军第63军军长傅崇碧的电令终于传到了阵地上："第189师全部战斗力除重火器外尚有数百人，故决定将第189师撤到铁原，第188师全部进至高台山、金鹤山及以南地区阻敌。"此时，"联合国军"的疯狂战车已经在这个不起眼的小山包前停滞了整整7天。

美国报纸

《芝加哥每日论坛》：第八集团军节节胜利，但速率变慢，在铁三角地区受到中国军队的阻击。

《基督教科学箴言报》：铁三角地区迟滞着盟军的脚步，中国军队保卫着至关重要的地方。

《太阳报》：联合国军在朝鲜中部被红军击退，坏天气也阻碍了盟军的进攻。

中国人民志愿军第63军官兵临危受命

这张照片是中国人民志愿军第63军摄影记者蒙紫在战士们出发前拍下的，这些不过十七八岁的年轻军人在战壕前郑重宣誓后就走上了铁原阻击战的阵地，之后再也没能回来。蒙紫给这张照片起名为《临危受命》。

蒙紫　原中国人民志愿军第63军摄影干事

上战场（后），这些人都没有在了，都没有在了。那时候战士真好，那战士真好啊！那时候指挥员指到哪里打到哪里，没有二话可说的。

在傅崇碧晚年编写回忆录的这本手稿中，关于铁原阻击战的篇章，他一字一句修改了很多遍，却始终没有加入多少感性的描写。只是在结尾处写下了四个"最"字："是63军有史以来规模最大、时间最长、最激烈、最残酷的一场战斗。"也许只有用这种简单的方式，才能埋藏将军心中巨大的伤痛。

1951年6月4日，种子山上的硝烟已经散尽，而这场战役的残酷还远远没有展现出它最狰狞的一面。

第三章

生死抉择

　　铁原阻击战中担负高山台地区防御作战的第 563 团，顽强阻敌 7 个昼夜，全团开上去 1600 多人，一仗下来仅剩 247 人，伤亡之大是团史、师史上的第一次。如此惨烈的一场战斗让活下来的亲历者们都不忍提及。那么在高台山上究竟发生了什么？

韩国涟川郡　新炭里火车站

朝韩边界，这个距离韩国铁原郡不到14公里的小站名叫新炭里，因为背靠当地著名的登山胜地高台山，每天往来于此的游客络绎不绝。

李浩胜　韩国新炭里火车站站长

这里的高台山应该是最有名的，首尔10月1号开始运营的观光列车，9点27分从首尔出发，到达新炭里站的时间是11点37分，主要是周末过来登山旅游的人。

韩国涟川郡新炭里火车站列车进站

高台山，在韩语里的意思是"高大的山"，这座海拔832米的高山因为坐拥涟川—铁原地区的最高峰而闻名，登上峰顶，周边美景尽收眼底。然而60多年前，所处地理位置的缘故，这里几乎变成了人间地狱。1951年6月3日至10日，铁原阻击战的一场生死之战就发生在这里。

据中国人民志愿军第63军第188师师史记载："第563团担负高台山地区防御作战，顽强阻敌7个昼夜，全团开上去1600多人，一仗下来仅剩247人，伤亡之大是团史、师史上的第一次。"

为了还原这场生死之战的历史细节，摄制组在两年时间里，仔细地搜寻湮没于茫茫人海中的当年参战老兵。而在寻访过程中，很多老

兵的家人担心提及惨烈战斗会刺激老人而婉拒我们的采访。最终，
我们找到了当年这场战斗的重要指挥员之———94岁高龄的马兆民老
人。马兆民是中国人民志愿军第63军第188师第563团的团长。

同期

马兆民：这都是我写的。

记者：写了多长时间啊？

马兆民：十年。

记者：十年。

马兆民：十年呢一天写两三个小时。

记者：那也挺厉害还能记得（这些事）。

马兆民：我自己打的仗啊，忘不了。

中国北京禄米仓干休所

事隔六十余年，回忆起战争的惨烈，马兆民老人依然落泪不止。

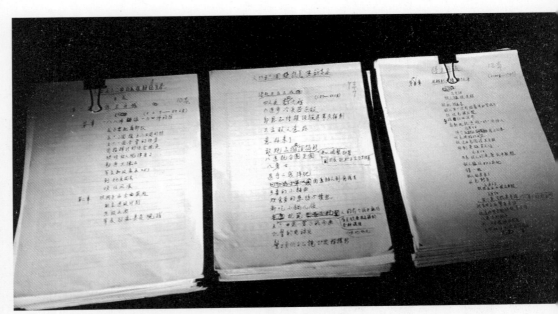

马兆民《硝烟轶事》手稿

朝鲜战场上的马兆民

　　见到当年与敌殊死抗争的指挥员马兆民时，他刚刚完成了名叫《硝烟轶事》的中国人民志愿军第563团抗美援朝回忆录。这部70万字的手稿，涉及战斗的时间、地点、人物甚至当时战友间的对话，十分详尽。马兆民根据他在战场上的日记编写修改了近十年。十年间，老人回忆了无数遍，也逐字逐句斟酌了三千多个日日夜夜，如今已经到了该放下一切人生波澜的岁数，但当我们提及"高台山"的名字，老人依然无法平静。

　　马兆民　原中国人民志愿军第63军第188师第563团团长
　　我当时用了我从来没用过也不想用，这会儿不得不用的战术原则。是什么原则呢？保存多数、牺牲少数。

　　在铁原阻击的战场上，马兆民做了他一生中最残酷的生死抉择。
　　1951年，马兆民30岁，正是意气风发的年纪。而这些在抗美援朝期间留下的为数不多的照片里，他总是眉头紧锁、满腹心事。当年拍摄下照片的中国人民志愿军第63军摄影干事蒙紫依然清晰地记得他见到团长马兆民时的情景。

原中国人民志愿军第63军摄影干事蒙紫

蒙紫　原中国人民志愿军第63军摄影干事

马兆民脾气挺大的。这个时候也许是任务太重了，他这个好像很少有笑的，就是说话啊干什么啊大声的、叽里呱啦的以外，其他的很少。

同期

战友：老首长，55年不见了。

马兆民：这么多年了啊。

在很多人眼中，身材并不高大的马兆民是个十分精干的团长，外号"马猴子"，17岁就扛着枪在冀中地区打日本鬼子，反扫荡，受过伤、立过功，有勇有谋，脾气很大。

王尚武　原中国人民志愿军第63军第188师侦察科长

他是不错一个团长，应该说是能打的团长，也善打，爱说话。

贾文岐　原中国人民志愿军第63军第188师第562团指导员

马团长人们背后管他叫什么呢？"马猴子"，背后管他叫"马猴子"。就是这个人非常机灵、非常聪明、非常能干，人们乐意跟着他打仗，因为他给你想得周到。

中国人民志愿军的装备

1951年6月3日，铁原阻击战的第七天。清晨，涟川—铁原地区普降大雨，道路泥泞不堪。这场大雨短时间迟滞了"联合国军"的进攻速度，正在志愿军第63军军部的马兆民突然接到军长傅崇碧的急令，命令第563团立即开赴阵地，在高台山以南一带建立工事，接替防御。这个时间，比原计划第188师接防第189师的日子提前了整整一天。

中国人民志愿军第188师第563团1连2排战士

原中国人民志愿军第63军第189师师长蔡长元

马兆民　原中国人民志愿军第63军第188师第563团团长

（189师）顶不住了。（傅崇碧下令说）你啊，马上出发到189师接受任务，属189师指挥，部队晚上去。

军长傅崇碧命令第563团提前进入阵地，这表明前方形势的恶化程度超过了预判。就在几天前，第189师师长蔡长元已多次急电军部，建议在自己身后组织第二道防线。

萨苏　抗美援朝战争研究学者

这时，傅崇碧就问，说蔡长元你这边怎么样？蔡长元给他的回复呢其实我们现在想起来挺悲壮的。蔡长元的回复就是："你们把二线阵地准备好。"没有说你部队上来增援我吧。因为你增援上来，我现在没有阵地，你增援上来以后，我们照样损失很大，这是死地，你不要来了，但是我有我的职责，就是告诉你把第二线阵地修好，别让我们这些白白牺牲在前面。

从1951年5月28日起，为了掩护参加第五次战役的数十万志愿军主力转移休整，并保障铁原以北志愿军和朝鲜人民军后勤基地的安全，志愿军第63军3个师和第65军的1个师（194师）共24000余人临危受命，在涟川至铁原一线坚决阻击5万"联合国军"北进。前期投入战斗的第187师、第189师与美军及其配属部队反复争夺、激战数日，用血肉之躯阻挡着"联合国军"一轮又一轮的疯狂进攻，付出的代价极其惨重。战至6月3日，第189师多数营一级单位已不成建制，加起来也只够编成1个团，师勤务营仅剩60余人，几乎全部投入了战斗。伤痕累累的第189师如同一根拉到极限的弹簧，岌岌可危。

而此时，面对中国人民志愿军第63军的顽强阻击，连连受挫的"联合国军"钢铁战车愈发狂躁起来。坐镇在汉城的美军第八集团军司令范弗里特一反平时温和谦逊的形象，神色凝重地踩在椅子上给前

被中国人民志愿军击毁的美军大炮、运输车辆

韩国首尔原美军第八集团军司令部

线打电话。显然几天不惜血本的连番进攻，强悍的美军第八集团军并没有打出范弗里特所预料的奇迹，相反，随着时间的流逝，中国人民志愿军位于铁原北部的第二条防线正在快速形成，眼看战机即将消失，"联合国军"上上下下都心急如焚。

贝文·亚历山大　美国朝鲜战争前线观察员

我们用任何武器都不起什么作用，我们用飞机轰炸也不起什么作用，我们派炮兵上去也不起作用，我们把美军所有的装备全用上了，还是无济于事。利用所有的武器，我们无法攻下这座山，当我们试图强攻的时候，我们损失了成千上万的士兵。

萨苏　抗美援朝战争研究学者

美军在铁原前线，应该说每天都在向前推进，但是范弗里特已经非常着急了。急在什么地方，就是虽然每天都在朝前走，但却都走不出他所需要的速度。那么他走不动他为什么着急？因为他现在目标就是要截断铁原，如果他赶的时间太慢的话，志愿军后撤的部队就将在铁原以北形成一条新的防线。

　　在位于华盛顿的美国国家档案馆，我们找到了美军第八集团军司令范弗里特在6月2日发表的进攻阶段声明："志愿军用超强意志力，尽最大努力抵抗铁三角地区以及周边地区。"而紧接着在6月的各条战报中，他又敦促前线部队"务必要尽最大的可能发动进攻"。

采访抗美援朝战争研究学者萨苏

布莱德雷·林恩·科尔曼　美国弗吉尼亚军事学院亚当斯军事历史中心主任

如果我没记错规定的数量，大概是每天40轮开火，但是那段时间范弗里特每天要用250甚至280轮，还有武器的级别也很高。当时大家都说他们简直要把地面炸开，一个弹坑接一个弹坑，那段时间炮火的强度不断增加。

在"联合国军"压倒性火力优势面前，第189师实在顶不住了，7天的血战几乎将这个师的精血吞噬殆尽，节骨眼上军长傅崇碧只得提前派兵接防。而这个任务就落在了第188师唯一的大功团——第563团身上。

美军普通士兵的野战食品

萨苏　抗美援朝战争研究学者

563团的前身就是在抗日战争之中锻炼出的雁翎队，那么这支雁翎队本身就是善于用游击战术和对方强大的兵团进行作战的，那么他就把这个战术相当成熟地搬到了朝鲜战场。

然而接到命令，一向精干的团长马兆民却是忧心忡忡。1951年6月3日清晨，当马兆民率领志愿军第63军第188师第563团冒着大雨赶往高台山时，全团上下只剩约二分之一的兵力，而他身后的这些战士们也已经7天7夜没有得到任何粮食和弹药的补充了。

马兆民　原中国人民志愿军第63军第188师第563团团长

军长问，你还有多少人？我说还有1600多，你出国时候多少啊，出国时候啊2800多。

韩军经常能吃到热食且大米供应充足

中国人民志愿军的后勤短缺几乎是个公开的秘密，在韩国上将白善烨的战后回忆录中，曾经十分具体地比较过战场上各国部队的粮食后勤供给：

"美军的伙食分为ABC三个等级，A级是牛排在内的西餐；B级是热香肠和其他热食；而最差的C级是罐头和便捷野战食品。韩军的大米供应充足，还经常能吃到日本空运来的紫菜、鱿鱼甚至是符合韩国人口味的泡菜。而中国人民志愿军的口粮是炒过的高粱米、小米、黄豆。"

他们并不知道，在最艰难时刻，中国人民志愿军甚至连这些最基本的口粮都无法保证。60多年前，马兆民就是在这种情况下带着他的第563团奔赴前线的。

贾文岐　原中国人民志愿军第63军第188师第562团指导员

我们连一宿觉都没睡，就带着部队（上前线），也没补充弹药，翻过（山）去了，我们到阵地上没吃的嘛，没有水（喝），填树叶，有的战士因为填树叶负伤了。

傅亚丽　原中国人民志愿军第63军军长傅崇碧之女

你想可想而知，那时候部队打仗没有供给，真是自己去找食物，曾经我们家一炊事员他说，有一天实在大家伙儿没吃了，他说我偷偷摸摸地跑到山下去，说弄点粮食，他说不管了豁命了，就往上爬，后面嗖嗖的子弹（飞）。

2014年秋天，为探寻铁原阻击战的蛛丝马迹，中国摄制组来到韩国高台山地区实地拍摄。事隔60余年，因为高台山的特殊位置，这一地区依然是朝韩边界重要的军事要地，频繁往来于此的韩国军车让原

如今朝韩边界依旧是军事敏感区域

韩国军方审查摄制组进入铁原地区拍摄的报告

本平静的小镇时刻处在一种紧张的气氛中。

金荣奎　韩国铁原郡历史文化研究所所长

如果你看朝鲜半岛的地图，京元线经过的楸哥岭裂谷带是唯一一个贯穿南北的交通要道，所以京元线的轴心就是高台山，南边有高台山和绀岳山，翻过这两座山就是通往首尔的路。

从空中俯瞰，高台山不仅是涟川—铁原一线的制高点，其正面也非常宽阔。摄制组驱车从山北绕至山南大约有20公里，需半个多小时的车程。面对如此开阔的阵地，60多年前缺粮少弹、仅有一半人数的第563团又将如何阻止"联合国军"钢铁战车的推进呢？

韩国涟川郡高台山

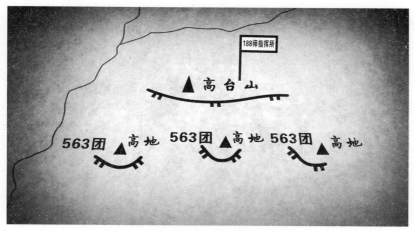

第563团在高台山地区的布防图

同期

马兆民：这个像（高台山）。

记者：这个就是（高台山）。

马兆民：这个像（高台山）。

记者：当时就563团一个团守高台山吗？

带着对当年战场严峻形势的不解，我们在北京再次拜访了马兆民老人。看到摄制组从韩国拍回的高台山的影像，已经94岁的他依然能十分清晰地辨认出方向位置，简单几笔，就把当年第563团的布防地图清晰地画了出来。

同期

马兆民：这边是8连，这后边是营部和7连。

按照马兆民的回忆，高台山宽度很大，在防守人数不足的情况下很容易被敌人从正面攻破，因而第563团奉命坚守的是高台山南侧的数个高地，这些高地相对独立，又能互相策应。

1951年6月3日早上7时，第563团官兵按布防路线图进入一线阵地，通信还未架通，"联合国军"就已蜂拥而至，充当前锋的是美军著名王牌部队——美骑1师。用美骑1师充当前锋，这几乎表明了范弗里特孤注一掷的必胜之心。

金一南　国防大学战略研究所所长

第1骑兵师它实际上是南北战争北军的一个英雄部队，其实第1骑兵师在二战期间、二战以后它已经完全机械化了，但它始终没有改变它的番号"第1骑兵师"，你看它这个左肩永远是一个马头。它（美

美骑1师的"马头"标志

李奇微视察美骑1师

骑1师）从南北战争以后，到美西战争然后到了一战、二战甚至朝鲜战争初期，战绩都是很好的，就是基本说是什么呢，一个牛皮哄哄的部队，一个没有吃过亏的部队。

在抗美援朝战场上，美骑1师在美军中的地位几乎无人能代替。作为日本投降后在东京负责保护麦克阿瑟将军的"御林军"，美骑1师一直是"明星云集"，师长霍巴特·盖伊少将是美国鼎鼎大名的人物，在第二次世界大战中曾任乔治·巴顿将军的参谋长，一直活跃于欧洲战场。

美军强攻高台山地区

在一场全面的地毯式轰炸后，美骑1师开始向高台山的前沿阵地实施重点进攻。仓促应战的第563团还未喘口气，就直接面对着迎面杀过来的美军。

王尚武　原中国人民志愿军第63军第188师侦察科长

这种防御它不是说我先了解了情况以后，我再去打。它不是这么打的，它是进入战斗以后，边打边了解情况，这是谁，它是这么打的这个仗。

蒙紫　原中国人民志愿军第63军摄影干事

美国的炮弹打过来那是排法似的，就是一排一排地打，然后又这样一排一排，就等于是把你整个覆盖。看到一个个都十八九岁、二十岁的小伙子，一会儿上去以后就没了。

美骑1师主攻方向为志愿军第188师指挥所前沿的两个高地。这两个高地彼此相连，之间有一条山沟直通高台山纵深的主阵地，且山沟两侧坡缓，十分利于美军机械化运动。因而一旦东西两侧高地被突破，将会直接威胁大后方。马兆民急命1连2排和8连分别死守两处，没有命令不得后撤。此时的马兆民怎么也不会想到，仅仅是几天之后，他就要在这两队官兵中做出一场生死抉择。

马兆民 原中国人民志愿军第63军第188师第563团团长
第一天敌人进攻主要是8连，8连它阵地比较突出，（美军）不把它打下来后头不好打。

8连连长郭恩志是个天不怕地不怕的人，在第563团是十分有名的战斗英雄。

王尚武 原中国人民志愿军第63军第188师侦察科长
别人都管他叫"傻郭"，打可以打，打他能打。

蒙紫 原中国人民志愿军第63军摄影干事
他脾气很倔，但也只有那个倔脾气那才能带一个连往上。

在国内战场上的锤炼，让郭恩志对于敌强我弱的情形早已习以为常。经过几次交手，他发现了美军进攻的特点：炮火猛攻后再集团冲锋，显然他们并不善于单打独斗。

蒙紫 原中国人民志愿军第63军摄影干事
郭恩志他是很能讲，他这个豪气一讲什么都有一股豪气，但是他要说到自己用什么战术，用什么来迷惑敌人，他就是说他和敌人像捉迷藏似的。

美国电视节目《Big Picture》片段，介绍美军新装备

在抗美援朝战场上，美军不善于打近战，这几乎是每个志愿军老兵都津津乐道的话题。对于这支极度依赖装备的现代化职业军队来说，和志愿军短兵相接显然不是上乘之策。

《Big Picture》美国电视节目片段

"在获得地面战斗的胜利之后，我们继续向北进攻。"

这是中国摄制组在美国国家档案馆调取的美国军方在朝鲜战争时期制作的一档电视节目。从这些视频中，我们可以看到除了对战场态势的播报，美国军方最热衷于向民众展示自己先进的装备。

"这个是大号的反坦克炮，使用3.5英寸的炮弹，我们都管它叫'玛祖卡'，它的炮弹真的很好，有这么大，当它打到坦克的时候真的很酷，我亲眼目睹过一次，坦克被它完全炸毁了。"

美国西点军校注重装备操作练习

即使在今天，距离抗美援朝战争已过去60多年，在美国西点军校的军事教学中，装备力量依然是战争的核心要素。对于美军来说，"冲锋枪加手榴弹"是近战的标配，他们显然没有思想准备来打比用冲锋枪手榴弹更近的战斗。而这一弱点恰恰给了志愿军机会。

据马兆民在《硝烟轶事》中的回忆："郭恩志指挥战士们在战壕里严阵以待，当美军进攻到距离阵地只有二三十米的时候，突然用猛烈的火力将其打乱，然后以小分队乘势反冲击，美军顿时方寸大乱，用此方法美军一连3天都未能攻破。"

美国西点军校博物馆

在地堡中瞄准敌人的中国人民志愿军士兵

中国人民志愿军攻占阵地

贝文·亚历山大 美国朝鲜战争前线观察员

当你站在朝鲜的山上往下看去找一个地堡，你永远发现不了它，我们的大炮虽然可以摧毁山上的树，但你只能看到处处浓烟翻滚，你看不见那些地堡，如果你派兵上去，靠近那些地堡去进攻，他们会被全部射杀。

贾文岐 原中国人民志愿军第63军第188师第562团指导员

这美国鬼子离开坦克掩护离开航空兵（掩护），他打仗就不行了。所以这两个高地，都是才六七个人守着他都没攻上来。

面对几个只有200多米的山头，抗美援朝战场上最受瞩目的美骑1师连攻3天都未能拿下，这足以让他们的指挥官恼羞成怒。在这份1951年6月5日志愿军第63军提交的战斗报告上，我们见识了美军孤注一掷般地疯狂进攻："我563团八连控制233高地，敌在坦克十余辆、战斗机四架掩护下三面攻击，轮番七次，最后敌增到一个营，先后组织六次反击，敌虽发炮弹千发轰击，工事被毁，然战至十五时阵地终未失守。"

肖玉舟 原中国人民志愿军第63军侦察参谋

说铁原阻击战打得最苦的，我们一个连队就剩了12个人，最后这12个人有的在战场上（被）敌人的炸弹、大炮打得都震昏过去了。

贾文岐 原中国人民志愿军第63军第188师第562团指导员

团里配属的82迫击炮打坏了，副营长亲自操纵重机枪，这个牙都打掉了，副营长的牙都打掉了。我们叫82迫击炮配属我们的（战士）下阵地，战士们不下，我们要战斗到底。他们都没下来，当时要下来了就牺牲不了。

報志司並各师、
(一)我五六三团八連第一班於二日
控制233.0高地(漣川東)自七時開始
敌在坦克十餘輛戰斗機四架掩
護下三面攻击輪番七次最後敌增到
一個營我除从二班援守外先後組織
六次反击敌雖發砲弹千發轟击土爛石
碎工事被毁然戰至十五時陣地終未
失守敌棄屍六十餘具傷亡二百餘我
傷亡六十餘
(二)其經教除敌砲击我則

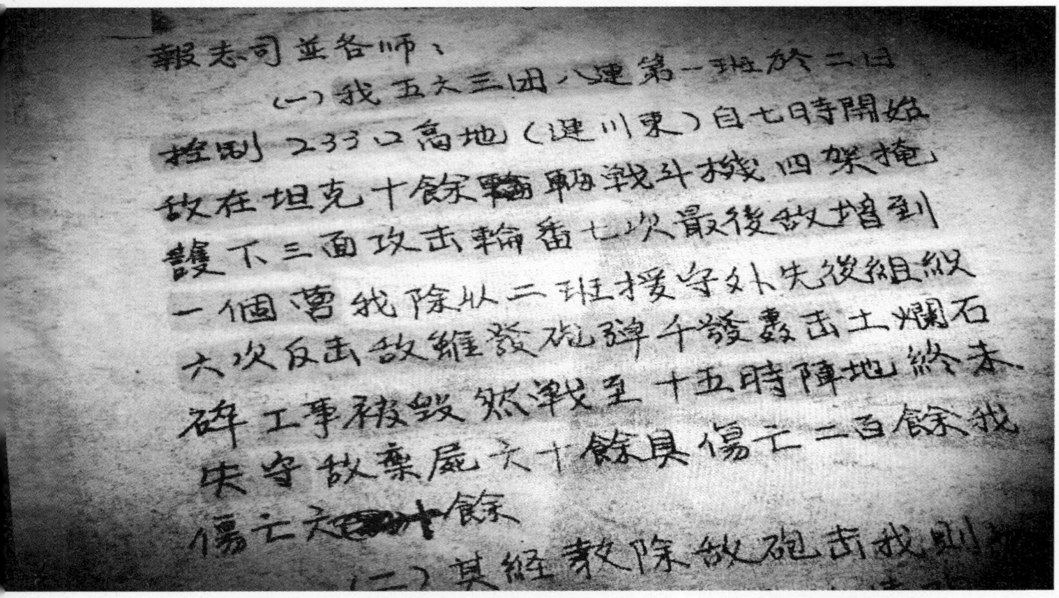

从这份中国人民志愿军第63军提交的战斗报告上可以感受到当时美军进攻的猛烈

1951年6月5日晚9时，8连阵地上仅剩下了不到50人，与之相连的1连2排的阵地上，只剩下12个人在顽强战斗。

王尚武　原中国人民志愿军第63军第188师侦察科长

我原来带的那个连队里面一个班长从早晨是班长，到了中午当了副连长了。你说为什么呢？那就说已经打得骨干都没了。

刘志新　原中国人民志愿军第63军第188师卫生员

有的伤员由于出血过多，没等你包扎完了，他这个血也流完了，也不行了。

肖玉舟　原中国人民志愿军第63军侦察参谋

美国人的飞机在空中那是嗡嗡转，见人就打，那轰炸炸得太厉害了，后来在草地旁边有咱们部队挖的小防空洞。我跟那翻译说，我说咱们两个在防空洞避一下，到防空洞一看根本都没法进去，那防空洞里头全部是血。

那几天，马兆民在回忆录中这样写道："这是抗美援朝最艰难的一仗，熊熊燃烧的凝固汽油弹把土地烧焦，重型火炮所到之处，土地被美军的炮火翻过来达两米！563团缺乏武器弹药，一线战士全部拼了刺刀。"

马兆民的志愿军第63军第563团抗美援朝回忆录《硝烟轶事》

李连忠　原中国人民志愿军第63军第188师侦察科参谋

他（马兆民）在前面的阵地上给师部打电话就说，团长就说我们现在没人了，伤亡太大了，我准备组织机关干部，组成一个排，我当排长，我上前线去，第一线上去，师长就听到了，说不行。政委拿过电话来就说，缓和的口气就说："老马，不能太激动，你是团长，你不能上前面去。"

马兆民　原中国人民志愿军第63军第188师第563团团长

我说你放心，我说我对这个团呢，有感情，像这种情况，我不会离开。（哭）

那几天，中国人民志愿军司令员彭德怀时常登上山坡，向铁原方向遥望，永不停歇的炮火将天空染成了一片红色。

贾文岐　原中国人民志愿军第63军第188师第562团指导员

我直到现在想不通，敌人那么炮击为什么没把通信线炸断，后来是师长亲自给我们打电话，你不知道在战场上我们才21岁，接到师首长、团首长的电话当时那个激动，好像是亲人给来的电话，那是激动得都说不出话来，一接电话（听里面说）"我是张英辉"，马上我就哭了，我们没几个人了。

在抗美援朝战场上每一次大小战斗中，由于敌我双方都是全卯足了劲拼杀，战斗形势时刻都在发生着变化。1951年6月6日，第188师的阵地上，第563团团长马兆民接到了一个急促的电话。

马兆民 原中国人民志愿军第63军第188师第563团团长

（电话里问）你是团长吗？我说是。（他说）那边那个山上不是咱们的人，是敌人。我说你是干什么的？他说我是电话兵，现在在架电话。我说你离得多远呢？他说有三四百米。我说再靠近，看是不是。他说行。回来给我报告，错不了，是敌人，都个儿大，衣服的颜色也不一样，他们（衣服）的颜色深。

电话兵在电话里所说的山头是位于志愿军第563团西面一座海拔600多米的高山，如果这里被美军占领，等于将第563团的侧翼完全暴露。更为可怕的是，站在山上，美军能轻而易举地看到下面整个志愿军阻击部队的部署情况，从而找到突破口。

韩国首尔朝鲜战争纪念馆内展出的美式装备

果不其然，1951年6月6日下午，美骑1师在对8连高地久攻不下后，突然改变了策略，只在阵地前活动，不再进攻。

王尚武 原中国人民志愿军第63军第188师侦察参谋

枪也不怎么响了，怎么回事儿？两边枪都不怎么响了，本来夜间不响枪还可以理解，但是白天不打了以后这是什么意思？敌人也不进攻了？再出来一看，向这边看看吧，一看到处都是敌人啊，怎么回事儿？

马兆民 原中国人民志愿军第63军第188师第563团团长

他（美军）那个山是高山，他看得清清楚楚，他看你部署，他看出你人少，哪儿有空隙能看见。

马兆民预感到8连有被合围的危险，立刻命令8连连长郭恩志准备突围。然而话音刚落，美军两侧迂回的部队已到达8连身后。一时间，阵地上浓烟四起，成排的炮弹接连飞来，压抑了很久的美军骑一师向8连阵地展开疯狂进攻。

贾文岐 原中国人民志愿军第63军第188师第562团指导员

现在给你形容打仗的那个（情况）不好形容，在祖国，敌人的炮弹听出响声来了；（在朝鲜）美国那个炮弹你听不出来，和刮风一样，你分不出点儿来。

美军居高临下，对阵地上的情况一览无余，见只有不到半个连的志愿军兵力在阻击，志在必得。美军不断增加进攻兵力，包围圈越来越小。

此时此刻，在团指挥所里，马兆民心里已是翻江倒海。眼下如果8连要想突围，必须由东侧山头的1连2排作掩护，但一旦8连撤出，美军必定马上包围1连2排，以1连2排十几个人的兵力要想突围几乎不可能。接下来该怎么办？

60多年后，当已经94岁的马兆民回忆起那一天的情景，依然情绪难平。他清楚地知道自己的这个决定，救了一大批战士，也同时必然会有一小批战士牺牲，这是何等残酷的生死抉择！

2013年9月18日，在老兵吴炳洲的引荐下，第一次采访563团团长马兆民。

中国山西原188师师史馆

同期

马兆民：副排长李炳群在这儿打的，结果8连一撤出来这边撤不了，（是）绝壁。这边撤不了，这边（部队）不多。

老人很少提起，那一刻他究竟经历了怎样的痛苦纠结才咬牙下令，而最终留在阵地上死守的是1连2排。老兵们都知道从马兆民来到第563团的第一天起，他就是1连的连长，此时这种割肉般的疼痛更胜过亲人间的生离死别。

马兆民 原中国人民志愿军第63军第188师第563团团长
没法救，没人，要有人就可以把敌人打退了，没人，也没炮。

阵地上，松林在燃烧，山峦在震荡。郭恩志带领8连最后一批战士在1连2排的掩护下杀出了重围，转移到了新的阻击阵地。8连撤离后，马兆民立刻电令试图解救被围困的1连2排的战士，却最终因兵力不足而失败了。

纵身跳崖的"八勇士"的宣传画

　　那一天马兆民数度落泪。俗话说慈不掌兵，曾经与日寇血战8年，他是何等铁石心肠，而如今为之落泪的，又是何等难以言喻的惨烈呢！

　　傍晚，东侧高地上，1连2排的战士已与指挥所失去了联络。借着余晖远远望去，只能看见阵地上浓烟滚滚，火光冲天。

马兆民　原中国人民志愿军第63军第188师第563团团长

　　天还不黑枪不响了，我的一线希望就没了，1营长给我报告，说2排啊（可能）跟敌人共存亡了。

　　在中国人民志愿军第63军抗美援朝的军史上，详细记录了这个排最后的几个小时：在副排长李炳群率领下，将敌放至20米处，冲锋枪、步枪一齐开火，连续打退了敌人两次进攻。敌人不甘心，又用炮火猛烈轰击，并把坦克开到我阵地前行直瞄射击。8名战士面对数倍于自己的敌人越战越勇，直至弹药用尽，突围已不可能。8人高喊"胜利属于我们！祖国万岁！"，纵身跳下了悬崖。

最后有3人被崖下的树枝托住，带伤穿越敌人的封锁，一步步爬回了自己的部队，剩余5人壮烈牺牲。这8位英雄的名字分别是：李炳群、贺成玉、崔学才、张秋昌、孟庆修、翟国灵、侯天佑、罗俊成。

马兆民　原中国人民志愿军第63军第188师第563团团长

1营营长（后来）给我报告，2排都跳崖了。这前后爬出来3个人，这3个人说当时迷迷糊糊，只知道这峭壁后头是北边，是咱们的人，就往这个（方向）爬。

这张照片是生还的翟国灵、侯天佑、罗俊成3人的合影，也是八勇士留下的唯一一张照片，透过这一张张年轻的面孔，我们仍能感受到60多年前志愿军战士们血卧沙场的勇敢和豪迈！

蒙紫　原中国人民志愿军第63军摄影干事

像我们去给他们照相，他们也很高兴的。有个别的调皮战士提出

"八勇士"幸存的3名战士留下的唯一一张照片

志愿军第63军战报《前线报》

来你照的相能不能给我们一张，我们寄回家去。那时候没有办法啊，照了相，我们照相的人都没有把握能不能回得去。

此后几天，志愿军第563团继续在高台山一线战斗，直至6月9日接到撤退命令。第563团共迟滞了"联合国军"7天，最后撤退时全团1600多人，仅剩247人。

贾文岐　原中国人民志愿军第63军第188师第562团指导员

动感情的时候呢，是战士说的话。战士说："哎呀，指导员，以后别给我们开什么点名会啊，点名啊干什么的，你就给我们开一个班委会，你看咱连个班也不够了。"战士说这个的时候，就是有点动感情了。

战斗结束后，一直跟随志愿军第63军的摄影干事蒙紫，将宁死不屈的八勇士的故事发表在了《前进报》上。从此"八勇士"的名字广为传诵，鼓舞着志愿军战士继续冲锋陷阵。

1952年9月，志愿军第63军首次英模大会在朝鲜伊川举行，第188师第563团1连2排被授予"特功排"称号。8连连长郭恩志在后来的战斗中以伤亡16人的代价，毙伤美军800余人，被志愿军总部授予"一级战斗英雄"称号。

蒙紫　原中国人民志愿军第63军摄影干事

郭恩志他说："我是个粗人也识不了什么字，讲话也是粗声粗气的。"但是他的感情也是很细腻的，郭恩志有时候他也掉眼泪，对有的战士很有感情，有的小战士他要到他家里去看一看，回国的时候。

北京，又是一个安静的午后。马兆民还常常想起从铁原撤下来、在清点人员时与战士们相见的情景，也许就在这一刻，他会些许释怀自己当时那个残酷的决定，因为活下来的人永远都不会忘记，每一个牺牲的背后都有一个不朽的永生。

1952年9月志愿军第63军首次英模大会在朝鲜伊川举行

第四章

最后防线

一座孤山，毫无后援，志愿军将士们究竟要怎样拖住眼前的敌人？他们能否给志愿军主力新防线的建立赢取宝贵时间？

韩国铁原郡

　　韩国北部铁原郡，每天清晨，这里都可以听到韩国军队实弹训练的枪炮声。60多年前的朝鲜战争使这里至今仍保持着高度警戒状态，成了世界上最为敏感的军事地带之一。

　　今天，在铁原郡紧邻三八线的一个山丘上，矗立着一座铁原和平观望台。作为韩国战争旅游线路中的一个景点，到这里参观的游客络绎不绝。

　　从这里望去，视线内的每一座山丘都刻印着中国人民志愿军将士浴血战斗的故事。

在铁原和平观望台参观的中学生

这座孤零零的小山丘，韩国人叫它"冰激凌山"。在60多年前的抗美援朝战争中，这里曾被以美军为首的"联合国军"的飞机大炮狂轰滥炸。山顶被炸平，山石不断往下滚落，从远处望去，就像冰激凌融化了一样，"冰激凌山"由此得名。

而今天很少有人知道，1951年初夏，在抗美援朝战争第五次战役后期，山丘被轰炸得像冰激凌融化般不可思议的场景，就频频出现在志愿军死守的阵地上。

在距离美国首都华盛顿国会山不远处的美国国会图书馆内，我们查找到了1951年6月8日，美国《华盛顿邮报》记者从"联合国军"总部发回的报道，标题为"联合国军空袭达到高峰"。文章中这样描述："B29轰炸机携带大量炸弹于昨晚袭击了位于朝鲜中部的中国军队集结地——'铁三角'地区。这次轰炸的目的就是消灭和瓦解共产党的军队。远东空军声称，这次袭击是类似的轰炸中规模最大的一次，共有23架飞机出动，500磅的炸弹投向地面。据空军的估算，在轰炸中，这片区域产生了约900万当量的爆炸。"

韩国铁原冰激凌山

铁原和平观望台

美国国会图书馆

摄制组在美国国会图书馆查阅资料

这一天正是中国人民志愿军第63军针对以美军为首的"联合国军"的反攻，进行铁原阻击战的第11天。

早在1951年5月21日，已经完成第五次战役攻击目标后的志愿军开始回撤。然而，以美军为首的"联合国军"依托占尽优势的机动能力，企图趁志愿军主力回撤时展开猛烈反攻。而这项反攻计划的重头戏就是要抢在志愿军主力部队撤到铁原北部之前将其大量消耗，最终直扑位于铁原以北的中国人民志愿军大本营。危急关头，志愿军第63军2.4万多名将士使用简陋武器，奉命在铁原一带修筑正面25公里、纵深20公里的防线，阻击来势汹汹"联合国军"5万机械化部队的猛攻。

魏应吉　原中国人民志愿军第63军第189师营教导员

你也看不到，那空中飞得很高，它一扔炸弹了，下来就是那么两三公里都是炸弹。我们连一次牺牲了半个连。

　　尽管伤亡很大，但志愿军第63军硬是用血肉之躯顽强阻挡着美军铁甲战车的前进步伐。然而，对于连续鏖战了11天的中国人民志愿军第63军来说，战场的险恶似乎才刚刚开始。

　　就在美国民众看到《华盛顿邮报》那则标题为"联合国军空袭达到高峰"战地报道的24小时之后，1951年6月9日，一个冷不防的凶险再一次向志愿军第63军袭来：主攻涟川到铁原一线的美第一军，突然将他下属的一支机动部队悄悄向东移动。

　　一直以来，涟川至铁原一线是以美军为首的"联合国军"集中兵力攻击的重点，而现在美第一军突然把一支装备精良的"机甲部队"从热点战场抽调出来，背后究竟隐藏着怎样的阴谋呢？

　　作为朝鲜战场上的美军前线总指挥官，美军第八集团军司令詹姆斯·范弗里特十分清楚，在铁原这个特殊的地理位置上，"联合国

范弗里特

军"与中国人民志愿军正在进行的不是简单的地盘争夺，而是一场决定命运的倒计时赛。

这一刻，速度，就是取胜的关键。面对"联合国军"的凌厉进攻，志愿军主力急需尽快回撤成功并重铸防线，否则将会面临更大危机。此时此刻，阻止美军突破铁原防线就是保卫志愿军主力部队的安全。

1951年5月28日铁原阻击战开战之后，美国几大主流报刊陆续出现了这样的报道：天气恶劣，"联合国军"在朝鲜中部铁原—金化地带被志愿军击退、"联合国军"在朝鲜的攻势速度降低、"顽强的敌军"减缓了联合国军进入铁原、"联合国军"攻势被志愿军减慢。从这些报道不难看出，当时"联合国军"在涟川至铁原一线的突破速度一直没有达到其预期计划。

而这种局面对于有着37年作战经历的美第1军军长弗兰克·威廉·米尔本来说，无疑压力巨大。

美国中将米尔本

穿球服的米尔本（右二）

这位脸圆且脖子短的美国中将身高不到1米70，作为美国人，他的身材算是矮小的，加之此时的他已年近60岁。所以，战时归他调遣的韩国上将白善烨这样评价他："给我的印象更像是乡下老人。"

但就是这样一位看上去个头矮小、样貌温和的美国军人，性格中却有着极为刚烈的另一面。熟悉他的人都叫他"大虾"。

这个绰号的由来源于米尔本酷爱的一项激烈运动——美式橄榄球。对于这项对抗性极强、甚至被一些人冠以"暴力"头衔的体育运动，米尔本不仅仅是喜爱，在西点军校上学时，他就已是一名非常闻名的美式橄榄球攻击手。由于他在进攻时将橄榄球紧抱在胸前，低头迅猛奔跑的样子让人联想到虾，所以有了"大虾"这个绰号。进攻时，米尔本凭借精准的判断力、灵活的动作以及优异的体能，总能将球成功推进到对方区域完成得分。而他在球场上猛冲猛打的行事风格也被带到了战场上。

当时的韩国上将白善烨在他的回忆录中这样描述："米尔本军长是一个非常谦逊的人，但是战斗时却又非常勇猛。"在他的带领下，美第1军打起仗来也颇有"橄榄球攻击手"的风格。

此时，艰难推进的美第1军离铁原已是咫尺之遥，眼看这场倒计时赛进入到最为关键的时刻。于是，美第1军军长米尔本试图用一支武装到牙齿的"机甲部队"绕道迂回，试图为被阻击的美军打开新的突破口。

随着这支美军机动部队的悄然移动，敌我双方的视线不约而同地紧紧盯在了一条位于铁原东南部的公路上。

为探寻那场鲜为人知却关乎志愿军主力部队安危的战斗，中国摄制组在韩国铁原郡几经寻访，终于在一座村庄里找到了当地年长的老人黄其书，今年81岁的黄其书是铁原郡为数不多经历过朝鲜战争并健在的老人。

黄其书　韩国江原道铁原郡村民
记者：当时您多大？
黄其书：那时候我上高中，所以差不多十六七岁。

在中国摄制组的请求下，黄其书决定带摄制组到当年发生战斗的公路上看一看。

黄其书带摄制组去看曾经发生战斗的地方

铁原郡村民黄其书

扼守87号公路态势图　　　　　　　　扼守87号公路态势图

现场同期

记者：这以前都是土路吗？

黄其书：那时候还没有铺（柏油）路，以前自行车都过不去。

记者：真的吗？

黄其书：地上全是砂砾。这里只有一条路。

铁原郡87号公路

　　这里就是当年交战双方紧紧盯上的公路。半个多世纪过去，当年的砂石路已经被坚实平整的柏油路取代，名为87号公路。战后，铁原南部建起了这片新的村落，87号公路穿城而过，道路的通达为这片饱经战火的土地带来了生机。然而，今天的人们谁都不会想到，这段公路在1951年6月10日那天，给中国人民志愿军带来一个天大的麻烦。

　　在地图上，我们可以清楚地看到，位于铁原东南部的87号公路路段大体成南北走向，道路两侧地势宽阔而平坦，如果沿路北上，途经一座孤山后便又进入到了大面积的平原地带。而随着西北部地势的平坦，这条公路开始分出多条岔路，向西北方向延伸。

　　然而，当时北部平原西侧的山林正是中国人民志愿军主力部队的集结地，而集结地北部不远处的空寺洞就是志愿军的神经中枢——中国人民志愿军司令部所在地。美第1军的机动部队一旦沿途而上，犹如插入志愿军心脏的一把钢刀，危险程度可想而知。因此，守住这条公路，就能阻止美军从侧翼包抄铁原北部驻扎的志愿军主力部队。

铁原郡87号公路

123

查理斯·阿姆斯特朗 美国哥伦比亚大学历史系教授 社会科学韩国研究专家

在"铁三角"地区里，天然地形的防御消失了，在中间这个一马平川的地方，双方交战最为频繁。

齐德学 军事科学院原战争理论与战略研究部副部长

万一阻止不住，那么我们整个后方就受到威胁了，那志愿军可能就处在一种混乱的状态。

萨苏 抗美援朝战争研究学者

如果这个时候被"联合国军"冲到我们的背后的话，在铁原呢，还有几千名伤员没有运下去，那么在铁原我们就可能出现一次志愿军战史中的滑铁卢。

因此，伸向铁原北部平原的这条公路像一条瞬间异常鼓起的动脉血管一样，成为威胁中国人民志愿军的一颗定时炸弹。

其实，早在12天前，中国人民志愿军司令部就已经意识到了这处定时炸弹的危害。在中国人民解放军档案馆里，我们查找到了志愿军司令部于1951年5月27日17时发给第63军的电报。报头为：《志司关于加强铁原地区防御和防御中应注意的问题给六十三军的指示》，第一条就提出："铁原城东南地形开阔，敌之坦克与飞机活动配合较便利，该城又为我向东必经之点，不能过早（至少坚持到六月二十日）放弃。请于外加、内加、观雨里、花田里、所伊山峡498.9地区加强纵深和工事及副防御。"

然而谁都没有料到，这个威胁到来的速度实在让人头皮发麻。

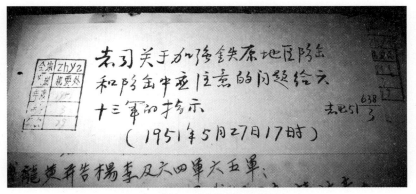

中国人民志愿军司令部发给第63军的电报

要想遏制美第1军机动部队的快速穿插，被志愿军称为"内加、外加"的一处高地便成为了志愿军第63军阻击部队最后的一块盾牌。

杨凤安　时任彭德怀军事秘书

铁原那个地方我告诉你，那个部队（如果）没守住口子，再过了铁原以后是平整大平原，那一下（很适合）敌人坦克（机动），所以非常重要。

在中国人民志愿军第63军军史中这样记载："内、外加位于铁原东南6里处的一个孤山上，标高为279.5米，是铁原东南方向的唯一屏障。"

按照中国人民志愿军第63军军史当中的描述，中国摄制组通过卫星定位系统，在韩国铁原郡东南部87号公路附近，实地寻找当年志愿军第63军的这道防线。然而，费尽周折却一直没有找到名叫"内加""外加"或是"内外加"的地方。疑惑不已的中国摄制组不得不再次求助铁原郡最为年长的黄其书老人。

现场同期

记者：这边有个山的话，哪个是内加村？哪个是外加村？

黄其书：我们经过的这里就是外加村，是外面的意思，这个外就是外面那个外。内加村，外加村，这里是内加村，这个是那条路，我们就在这条路前面，这个是外加村。这个是（内加德），过了那个山是（外加德）。志愿军从这里出来，然后和"联合国军"进行打仗。

原来中国摄制组一直在寻找的孤山就在眼前。"内加德"和"外加德"是抗美援朝时期这座孤山南北两侧山脚下两座村庄的名字，由于音译的缘故，志愿军第63军在记录中写成了"内加"和"外加"，并把孤山在内的这片区域统称为"内外加"。休战后，这里不再沿用这个地名，因此现在这里的年轻人几乎没有人知道"内加德"和"外加德"的叫法了。

内外加山位置图

内外加山

然而，站在山脚下，没有人会相信这里是一处适合打阻击战的地方。一座200多米高的小山丘，四周都是平地，公路在山丘西侧的开阔地上南北延伸。即便在这里展开防御，也不一定能守得住。更何况在当时，相比中国人民志愿军第63军在之前的阻击中血拼都未能保住的标高为643米的种子山，以及标高为832米的高台山，这座高度仅有200多米的孤零零的山丘要想阻挡住美军机械化部队的脚步，几乎是无法完成的任务。

当时，29岁的第63军第188师第564团团长曹步墀率领部队奉命坚守这一区域。

这是曹步墀在朝鲜战场上唯一的一张照片，英俊利落是照片给人的直观印象。

第564团团长曹步墀

李连忠　原中国人民志愿军第63军第188师侦察科参谋

长得倒是很帅，长得不错，中等个子，不算高，中等个子，有点文化，比较斯文，不像个武将，那人可以，是个比较和气的人。

曹步墀生于陕西临潼，八百里秦川的开阔平坦造就了这位陕西汉子朴讷温厚的性格。虽然16岁就参军打仗，但在战友们的眼里，却不像个武将。第188师师长张英辉对他曾有这样的评价。

李连忠　原中国人民志愿军第63军第188师侦察科参谋

我们师长张英辉，说点子不少，落实上差一点，打仗笨一点，不那么灵活，但是执行死任务，你让他干什么老老实实干，实在。

面对这条没有弹性又无险可守的防线，精明善战的猛将都未必能够完成任务。那么，"打仗笨一点，不那么灵活"的曹步墀能带领部队坚守住这最后的防线吗？

　　《孙子兵法》中把取胜的条件归为五个字：度、量、数、称、胜。即地形条件的广狭、军赋物资的多少、兵员数量、双方综合实力的比较以及胜负的判断。五者之间环环相扣，相互影响。所以，五条要素的优化组合能使战争顺利取胜。而此时团长曹步墀几乎一项都不具备。不仅如此，孤山绝地历来是兵家大忌，三国中著名的故事"马谡失街亭"，就是因为错守孤山而被围，兵败街亭。而曹步墀从没想过，他只能用这座孤山阻击来势汹汹的强敌。

曹步墀和家人

萨苏　抗美援朝战争研究学者

这种孤山呢，在当时的战争之中称之为死地。我们在三国之中马谡去守的就是这样一座孤山。那这个部队为什么要守在这个地方，原因就是因为这个地方还是能够扼住公路的咽喉。这个地方虽然不好守，别的地方更不好守。其他地方都是平原，你怎么样去防守这个阵地呢？所以最后还是选择了这个地方来阻击美军的迂回。

1951年6月9日下午，志愿军第564团团长曹步墀斟酌再三，派出2营5连两个排70多人坚守孤山阵地。

胡清臣　原中国人民志愿军第63军第188师第564团作战参谋

那是团长和我，带着我，带着郭参谋亲自去部署，说那个地方最重要，放一个连，而且我们那个连是最能打的一个连。就放在那儿。

不到一个连的兵力和几乎为零的补给，是团长曹步墀在这个阻击点位能够拿出的全部资本。

陕西的黄土大地除了赋予他朴讷温厚的性格，也赋予了曹步墀极强的承受力。面对极为不利的条件，他仍气定神闲地逢山开路、遇水架桥，沉稳坚韧。为了把有限的兵力发挥出最大的作用，第564团团长曹步墀和作战参谋胡清臣仔细观察着周围的环境。而内外加北侧一个距离不到一百米的水库让他们眼前一亮。

胡清臣　原中国人民志愿军第63军第188师第564团作战参谋

我们团（守）在公路上，公路的左边是一个内外加，内外加有个水库。

各大媒体的报道

对于美第1军的机械化部队来说，要想迟滞其北进，把距离公路不远的水库炸开或许是一个有效的办法。

时隔半个多世纪，今天在内外加山丘的北侧，水库依然静静地躺在那里。

黄其书　韩国江原道铁原郡村民

记者：以前这里的水很多吗？

黄其书：当然多了，都淹到这里了，因为水多的话不需要，但是下雨就要排出去。原来这里有二十多个手动拉开的水门。

由于上游的节流，如今水库的蓄水量缩减了很多。但从空中俯视这片区域，我们仍然可以清晰地看到，水库闸门的西南方向是大面积平原。闸门一旦被炸开，倾泻而出的水流会因地势平坦而四处漫延，87号公路无疑将被洪水吞噬。

内外加水库

但是，团长曹步墀同样明白炸水库的代价：水库炸开后，洪水能够迟滞美军机动部队一段时间，也会把担任阻击任务的5连勇士困在山丘上难以回撤。

萨苏　抗美援朝战争研究学者
如果在这个地方阻击，你自己没有退路了嘛。

炸还是不炸？团长曹步墀焦虑万分。一边是很快推进到眼前的强敌，一边是自己生死与共的亲密战友。

贾文岐　原中国人民志愿军第63军第188师第562团指导员
我们要战斗到底，留下来就可能牺牲，当时那个场面非常的悲壮。

为了志愿军主力部队的安全，最后，5连的勇士们毅然决然决定炸开水库，自断后路。

胡清臣　原中国人民志愿军第63军第188师第564团作战参谋
团长亲自在那儿部署，这个水库怎么炸怎么办，这个工事怎么弄，亲自给连长部署，那是。

同时，团长曹步墀命令通信连迅速接通了一条从内外加孤山阻击阵地到团指挥所的电话线。

李连忠　原中国人民志愿军第63军第188师侦察科参谋
直接通电话通到那儿去，在电话里指挥。

天色暗去，一部分人负责炸水库，而剩下的战士组成敢死队被留在了内外加的山头上。战士们连夜挖工事，迎接恶战的来临。

6月10日一早，静谧的清晨突然被坦克的轰鸣声打破。十几辆美军坦克开足马力，沿着道路向铁原北部平原挺进。

美军坦克在战场上

胡清臣　原中国人民志愿军第63军第188师第564团作战参谋

那个内外加，我们打着，敌人上来以后，开始第一批上来。从这个水库这边上来了。有一个连，十来辆坦克。

当美军的坦克即将通过内外加孤山时，随着一声巨响，被炸开的水库洪流瞬间涌向坦克群。

胡清臣　原中国人民志愿军第63军第188师第564团作战参谋

我们那个第5连，把那个水库一炸，整个把那个坦克都给捂进去了，捂到水里面去了。

李连忠　原中国人民志愿军第63军第188师侦察科参谋

这个是听到报告了，说我们炸水库了，阻止敌人的坦克前进，不好走了都。造成泥泞，对敌人的影响不小。

美军飞机的轰炸

此时，美第1军军长米尔本派出的这支机动部队就像狂奔的橄榄球攻击手，本以为可以顺利冲球进入对方端区达阵得分，而眼看就要到达，却被防守方一个抱摔，狠狠跌倒在地。

第564团团长曹步墀"水淹七军"的这一招，让米尔本和他的部队怒火中烧。8架美国远东空军的战斗机突然出现在内外加山顶不断盘旋。很快，攻击目标锁定在了位于水库南侧的内外加孤山上。早上8点，内外加战火骤开，"范弗里特用弹量"再一次疯狂上演。

美第1军军长米尔本带给第564团团长曹步墀炸开水库的回礼是，8架战斗机和2个炮兵群共40多门重炮持续半个小时的连续轰炸。

萨苏　抗美援朝战争研究学者

这个弹药量大概是多少呢？如果我们在这个小山上守的是一个连的话，每一个人承受的弹药量比你体重还要重。在这种情况下始终在把这个小孤山这么大的阵地，把它就往下削。

满山的石头被炸碎，树木被烧焦，到处硝烟弥漫。很明显，美第1军军长米尔本开始为这次倒计时赛做最后的冲刺了。

而第564团团长曹步墀指挥下的5连70多名战斗员，兵力和装备都远远不及面前疯狂的美军。战士们只能利用近战消灭对手。

胡清臣　原中国人民志愿军第63军第188师第564团作战参谋

敌人炮打了，我隐蔽起来了。敌人步兵上来了，我开始打他了，反复的。敌人反复攻，我们反复阻击，反复打。

苏文禄　原中国人民志愿军第63军第188师连指导员

就是手榴弹、冲锋枪、步枪。

中国人民志愿军第63军第188师第564团的前身是冀中平原的抗日游击队，大部分战士都是打地道战和麻雀战的老手，挖坑道筑工事是他们的强项。在以美军为首的"联合国军"猛冲猛打的攻击面前，已经筋疲力尽的志愿军战士没有丝毫畏惧，凭着智慧和勇敢，利用双手挖出的战壕和屈指可数的武器弹药与强劲对手进行着死命拼杀。

苏文禄　原中国人民志愿军第63军第188师连指导员

没有子弹了，打完了怎么办，就把我们垒工事的那个石头，用石头和敌人敲。

陈兼　美国康奈尔大学历史系教授　中美关系史研究讲座教授

中国军队真是以血肉之躯在弥补着技术上的、武器火力上的、运输能力上的、后勤供应上的那种巨大的差距。

几轮轰炸和攻击后，美军轰炸机开始向内外加孤山阵地投掷燃烧弹和凝固汽油弹。

黄其书　韩国江原道铁原郡村民

B29轰炸机攻击一次，就会投下近百个炸弹。所以铁原上空如果经过了一架B29轰炸机，城市内就被夷为平地。所以铁原经历一次轰炸，不管是铁路还是其他，直接就在地上会有像大的池塘那么大的坑。

胡清臣　原中国人民志愿军第63军第188师第564团作战参谋

咱们部队进去没飞机啊，所以这样敌人飞机非常疯狂。

空袭达到高峰的报道

美国空军的作战日记这样写道："6月10日，空军出动飞机707架次，向'铁三角'地区集中投下200枚500磅破片弹和凝固汽油弹，火焰覆盖了目标物。"

布莱德雷·林恩·科尔曼 美国弗吉尼亚军事学院亚当斯军事历史中心主任

武器数量真的很大，还有武器的级别也很高。当时大家都说他们简直要把地面炸开，一个弹坑接一个弹坑。那段时间炮火的强度不断增加。

美军的火力让这座小小孤山顿时变成了"火焰山"，让刚刚进入初夏的铁原变成了"战场熔炉"。但尽管如此，半天过去，美第1军军长米尔本的"机甲部队"始终没能前进半步。

美国远东空军投下的凝固汽油弹把这片风景如画的土地几乎烧了个透，以至于60年后的今天，这座山丘上有块空地依然光秃秃一片。

中国人民志愿军第63军军长傅崇碧在他的回忆录中这样写道："铁原南的山地原来森林茂盛，敌机投下的凝固汽油弹把叶子烧光了。日夜听不到机枪声，只听到炮弹和飞机投下的炸弹声。铁原以南半面天都成红的天空，硝烟把指战员脸熏黑。"

黄其书　韩国江原道铁原郡村民
总之不管弹药是怎么射的，（当时）树木就剩这么高了，然后就剩下土了，白色的土，草和树一点都没剩下。那场战争激烈到这种程度。

杨凤安　时任彭德怀军事秘书
山成了个秃子了，光光的了。那个时候整个山成了暄土了，打的。

志愿军第63军军史中这样记载："战至下午，内外加山上的工事已全部被敌摧毁，我第一排的子弹、手榴弹也打光了，战士们在排长的指挥下用从敌人尸体上搜集来的枪支弹药，又打退敌人一次进攻。"

贾文岐　原中国人民志愿军第63军第188师第562团指导员
敌人上不去，最后那个美国鬼子要包围我们，在那集结了坦克，集结了炮兵，集结了步兵，乱七八糟的。

苏文禄　原中国人民志愿军第63军第188师连指导员

敌人上来太多了，一批一批地都来了，上边飞机他打，咱不管，你来嘛。可是他下边步兵多，打了好几批了，老上啊，敌人从我们这边也上来了，那边上来了。

胡清臣　原中国人民志愿军第63军第188师第564团作战参谋

整个那个战场，一条山那个战场上都在那阻击，敌人铺面过来了，不是哪一点。

贾文岐　原中国人民志愿军第63军第188师第562团指导员

"我们不下阵地，没炮了还有咱们捡的美国鬼子的枪，还有烈士留下的枪，我们要战斗到底。"当时那个场面非常的悲壮，没人了，他们不下来。

胡清臣　原中国人民志愿军第63军第188师第564团作战参谋

有牺牲的有伤的，咱们那个战士顽强得很。

志愿军战士在战场上

下午两点左右，借着美军攻击间歇，5连连长向团长曹步墀通话报告。

胡清臣　原中国人民志愿军第63军第188师第564团作战参谋

最后打电话时候，那个连长打电话时候，已经说是敌人是反扑了五六次了，团长也跟他讲，怎么坚持阵地，一定要顶到天黑。

5连连长的这次通电话，成为内外加高地最后的绝唱。就此，5连与团指挥所彻底失去联系。

胡清臣　原中国人民志愿军第63军第188师第564团作战参谋

我们那个连最后这个电话完了以后，再打打不通了，那就是电线断了，就失掉联络了。那叫最好的电话员去叫，有时候也叫不通了，最后都失去联系了。

内外加失去联系后，以美军为首的"联合国军"随时有可能出现在刚刚构筑好二线防御阵地的志愿军主力部队的面前，而两军的交锋将会变成钢铁对肉体的极度碰撞。顷刻间，从志愿军司令部到第63军军部，再到第188师，各方都牵挂着内外加那座小小的孤山和那些英勇的战士。

70多人的血肉之躯，面对多于他们近十倍的"联合国军"和肆无忌惮飞来的炮弹和炸弹，就是铁打的兵，也会被烧成铁水。5连还能坚持多久？中国人民志愿军各级指挥部都在屏息关注。

齐德学　军事科学院原战争理论与战略研究部副部长

一般情况下，我们那个时候坚守，一个连一个排的阵地，能坚守三四个小时，那就是已经是很了不起了。就是因为敌人空军轰炸，炮弹轰炸，最后的结果基本上是人亡地失。

第564团团长曹步墀和团指挥所里的所有人都期盼着时间能过得再快一些，只要天色暗去，不擅长夜战的美军就会暂停疯狂的进攻转为收缩防御。这样，在内外加战斗的勇士们就能在那个点位阻击得更久一些，生还的希望更大一些。

我们无从了解也难以想象，站在弹如雨下、土地都被铲下一层的阵地上，作为生命，他们的眼中是否曾有恐惧划过，但是可以肯定，5连勇士们把强于他们数倍的"联合国军"一次次挡在阵地前，迟滞了一秒又一秒……

在中国人民志愿军第63军的军史中，这座山的标高是279.5米，然而，当中国摄制组来到山脚下时却发现，这座山丘看上去并没有那么高。韩国铁原郡当地村民黄其书老人说，那天的轰炸持续到天黑停止，之后，这座山丘几乎被削掉了一层。

黄其书向记者介绍当时的地理情况

志愿军战士浴血奋战

黄其书　韩国江原道铁原郡村民

应该是变低了。在我看来应该矮了几米，（当时战况）非常激烈。这样的山，这样的山这个是绿的，但是当时都红了，轰炸就是那么的厉害。

在中国人民志愿军第63军军史中，关于内外加战斗的内容有这样一段战斗细节描述："副排长黄庆林一边射击一边指挥，18岁的新战士刘常富连续投掷手榴弹，将最前面的敌人一片一片地炸倒。四班长郭常喜将三枚手榴弹投入敌群。机枪手姜明发一口气打出二百多发子弹，战士黄宝林以两支冲锋枪轮换射击。"

听老兵们说，那是战斗中幸存下来的几名志愿军战士找回大部队后，对失联后部队战斗情况的如实描述。

胡清臣　原中国人民志愿军第63军第188师第564团作战参谋

你看那时候那个部队多好，失掉联络以后，确实打到最后一个也是守山头。

一支接不到任何命令的孤军在死地之中顽强作战,以至于让原本以为不到一小时就可以打到志愿军大本营的美军机动部队,竟然在一座200多米的小山包前被迟滞了整整一天。

胡清臣　原中国人民志愿军第63军第188师第564团作战参谋
最后那两个排没剩几个人,他那是个"钉子",那连长最能打了,没回来。

胜利不是无代价的,为了让志愿军主力部队多争取到一天时间,5连的勇士们毅然选择切断了自己生命的长度,长眠在了这片异国的土地上⋯⋯

现场同期
我们是东方航空056航班,运送志愿军战士遗骸前往沈阳,欢迎志愿军忠烈回国。我部飞机两架,奉命为您全程护航。

烈士遗骸归国

贾文岐　原中国人民志愿军第63军第188师第562团指导员

后来看到我们志愿军的一部分遗骸回国那个报道，几宿睡不着觉，想起这些战友来就难过。在铁原的战友，回不来……

抗美援朝结束后，第63军第188师第564团团长曹步墀历任第63军教导大队大队长、副师长兼参谋长、师长，后历任副军长兼参谋长、北京军区装甲兵政委等职，1983年6月任解放军政治学院副院长，2003年8月18日因病在北京逝世，享年81岁。或许是因为骨子里流淌的军人血性和陕西人特有的实在爽直，曹步墀戎马一生，却极少向家人提起当年，只是常常自己感叹：牺牲的才是真正的英雄。也许，他更愿意把心中那份无法化解的沉重独自承担，默默带走。

而绰号"大虾"、在美式橄榄球运动中最擅长攻击的美第1军军长米尔本也不曾料到，1951年春季，以美军为首的"联合国军"对志愿军发动的反扑行动也成为他军事生涯中的最后一次战斗经历。1951年7月，米尔本回到美国，被编入了预备役。之后在家乡向学生们传授美式橄榄球，度过了自己的余生。

米尔本

小小内外加，那片曾经的战场，任凭岁月更迭，并不算巍峨的山丘却让美军永远记住了中国军人的高度。孤山脚下，韩国军营门口"为国献身，军人本分"的白布黑字标语提醒着路人，这座"铁原东南唯一的屏障"至今仍是一处不可替代的军事要地。

贾文岐　原中国人民志愿军第63军第188师第562团指导员

在铁原那块，我们就是打这个意志，靠这个意志顶下来了。我们中国人出了国，在最危急的时候还是团结得像一个人一样，不分连队，不分单位，不分你我，互相掩护。

1951年6月10日，对于中国人民志愿军第63军来说或许是抗美援朝战场上最为残酷的一天，下午，当内外加孤山陷入火海时，美军第八集团军司令范弗里特的另一支撒手锏正在向志愿军第63军死守的铁原暗暗逼近。而在范弗里特办公室，一场宣布美军胜利占领铁原的记者招待会正在紧张筹备中。

志愿军，命悬一线。铁原，危在旦夕。

第五章

东方精神

对于中国军人的"实力不凡"和"不怕死",曾经交战过的对手们始终视为一个谜,他们无法理解却都首肯心折,他们把原因归结为中国军人身上那谜一般的"东方精神"。那么这谜一般的"东方精神"是什么?

贝文家的牌子

2013年10月17日，在位于美国弗吉尼亚州的一个偏僻乡村里，中国摄制组找到了这位已经隐居多年的美国老兵。

现场同期

记者：你好贝文。

贝文：你们竟然找到这里了。进来，你们先请。

贝文家

眼前的这位老人就是中国摄制组期待已久的采访对象——贝文·亚历山大。虽然初次见面，但我们对这位曾经参与过朝鲜战争的美国老兵并不陌生。

半年前，在北京的书店里，一本名叫《朝鲜我们第一次战败》的图书引起了摄制组的关注，这是一部美国人审视和反思朝鲜战争的著作。书的作者就是贝文·亚历山大。

现场同期

贝文：这是1951年，这是我。

记者：你好帅。那是你23岁的时候？

贝文：是的，只有23岁。

除了出书，贝文还建立了以他个人名字命名的网站，里面有他多

贝文·亚历山大

年研究和搜集的大量军事历史信息，其中也包含了他在朝鲜战场上拍摄的一些照片。

现场同期

贝文：因为如果我没有拍下这些照片的话，这一切就不会被记录下来。

贝文·亚历山大今年84岁，朝鲜战争期间，他是美国陆军部派驻朝鲜前线的战史分遣队队长，之后长期为美国陆军及美国政府撰写战争报告。

中国摄制组期望能够从中国人民志愿军的作战对手这里，探寻到60多年前发生在朝鲜战场上铁原阻击战的蛛丝马迹。

1951年6月中旬，贝文作为美国陆军战史分遣队的一名战地观察员，携带一架照相机，开着吉普车踏上了朝鲜半岛已千疮百孔的战场。

贝文·亚历山大　美国朝鲜战争前线观察员

我们走来走去，炸弹持续轰炸着，一些尸体还在战场上，那是战争结束不久的几天里。我们可以在战场上捡到一块块骨头，军装的碎片，你都分辨不出来到底这是美国人还是中国人，你真的不知道。

而贝文走上朝鲜战场的时间点，恰恰就是中国人民志愿军第63军顽强阻击美军向北部进攻的历史时刻。

贝文·亚历山大　美国朝鲜战争前线观察员

我想印象最深的是，当我往北走的时候，在铁原南部的某个地

贝文·亚历山大

方，我们一群美国兵，在这个地方，我突然闻到了奇怪的味道，我知道那是什么，那是人体腐烂的味道。那是极其难闻的味道。

时隔60多年，究竟是一种怎样刺鼻的气味在贝文的记忆中挥之不去？那场残酷战斗的最后时刻究竟发生了什么？

1951年5月27日，为掩护刚刚完成第五次战役的中国人民志愿军主力回撤休整，第63军2.4万多名将士接到死守铁原15到20天的命令，以阻挡5万"联合国军"的疯狂反扑。随后，从5月29日开始接防的13天时间里，志愿军第63军在宽25公里、纵深20公里的防线死命阻击，用巨大牺牲破解了"联合国军"快速歼灭志愿军回撤休整部队的阴谋。然而，战斗持续到第13天时，"联合国军"几乎完成了对担负阻击任务的志愿军第63军正面防线五分之四的占领，并将战线推进至铁原城南。与此同时，为了尽快完成对志愿军主力部队的包抄，铁原东南方向的美第1军"机甲部队"已悄悄迂回铁原，企图从后腰部位插进志愿军主力部队集结地。此时志愿军二线部队尚未完全展开，防线还未能形成，美军穿插行动一旦完成，志愿军整个防线就会陷入巨大被动。千钧一发之际，志愿军第63军第188师第564团2营5连70多名官兵奋不顾身地挡在了美军必经之路上。为了保住这最后的防线，担任要地阻击的5连官兵炸开身后的水库，自断后路，在一座名叫内外加的孤山绝地上与敌人殊死厮杀。

然而，正当交战双方的指挥员都把目光聚焦到小小的内外加孤山高地时，另外一个致命的威胁正在向中国人民志愿军第63军死守的正面防线铁原暗暗逼近。

1951年6月10日下午，中国人民志愿军第63军军长傅崇碧突然接到了第188师的报告：铁原以东发现美军，急需派兵增援。

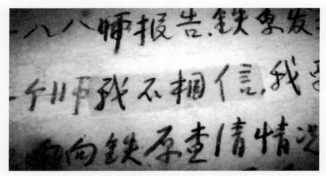

傅崇碧回忆录：我不相信

李连忠　原中国人民志愿军第63军第188师侦察科参谋

（朝鲜）人民军的一个人，到（第188师）师部了，他说敌人已经从铁原呢，迂回到你们后边去了，这是咱们侧翼暴露了，有问题。

这意味着美军已经渗透到中国人民志愿军第63军东部侧翼，合围铁原的态势已经十分明显。这一消息着实对一贯沉稳冷静的傅崇碧内心震荡不小。晚年的傅崇碧在撰写回忆录时，仍然清晰的记得接到报告时的沉重心情，他用了"我不相信"四个字。

的确，此时的铁原战场上，伤亡巨大的第187师和第188师还在各自的防御前线艰难阻敌，而第189师早在几天前就因伤亡过大而缩编为一个团。傅崇碧此时的"不相信"其实就是一种"不愿意相信"。

吴炳洲　原中国人民志愿军第63军政治部组织干事

傅崇碧指挥打仗是很有经验的，军政兼优、老练，一个经过长征的老干部。

154

吴寿安　原中国人民志愿军第63军第187师政治部组织科长

傅崇碧打仗还很好，指挥打仗还是不错的。

陈明月　原中国人民志愿军第63军第187师第559团警卫员

俺63军打得猛着嘞，就是他（和郑维山）带动起来的。傅崇碧打得猛着嘞。

然而，在属下眼中作战经验如此丰富的一员猛将，此时此刻却无法解开眼前的这一难题。心急如焚的傅崇碧恨不得自己顶到战斗一线。

樊自源　原中国人民志愿军第63军工兵办公室参谋

本来他应该是在后边的，他就一个人带上一个人，就是到第一线去，上前面去了。后来呢，人们都老见到他，朝后拽他，朝危险的地方跑，我们都为了保护他，有些警卫员拉着他不让去。

中国人民志愿军第63军已经到了背水一战的局面。面对危局，傅崇碧权衡再三，"命令第188师派一个营去铁原以东侦察情况，同时命令第189师的一个团也向铁原开进，注意联系，遇敌则坚决消灭之。"

这是一条看上去再普通不过的作战命令，但此时此刻下达这条命令的军长傅崇碧内心里却是混杂着诸多难以名状的情绪。

不久，第188师传来消息：前去侦察的一个营在铁原城东郊与敌军遭遇，经过小规模战斗，抓获3名俘虏。经盘问得知，对手是美国陆军第3步兵师，简称美3师。

美3师师长罗伯特·索尔（右）

美3师师长罗伯特·索尔（右二）

美3师的出现，让焦虑不安的傅崇碧心情变得极为沉重。他清楚知道：这支美军部队在师长罗伯特·索尔少将带领下，于1950年11月9日登陆朝鲜半岛后，由于其作战能力强，一直担负支援性作战任务，因此绰号为"消防队"。

美军"消防队"的出现，意味着美军将一场志在必得的战役引向尾声。志愿军第63军的处境瞬间雪上加霜。

军长傅崇碧继续追加了一道命令："令该营和第189师的一个团坚决固守铁原，并命令第188师调整力量，增强铁原的防御。"

此时的志愿军第63军已到了无兵可调的局面，可军长傅崇碧硬是将手中的棋子挪了又挪。

吴寿安 原中国人民志愿军第63军187师政治部组织科长

（傅崇碧）当然很紧张，不断打电话问这个情况那个情况的。

吴炳洲 原中国人民志愿军第63军政治部组织干事

志愿军司令部和兵团不断地发命令，没命令不准撤退。彭总和兵团杨得志司令不断地问，怎么样，怎么样？傅崇碧伤亡多大不讲。

直接面对强敌的，是中国人民志愿军第63军第189师。全师满员14000人，绝大部分是轻步兵，重装备只有炮兵团100多门炮，由于连续作战，全师伤亡大半。而对手仅仅美3师就有18000人，各型火炮900多门，坦克140余辆，空中更有肆无忌惮的飞机支援。无论是装备、补给，还是人数，对手美3师与阻击的志愿军第189师力量悬殊，加之此刻的美3师作为突击队率先北进，高昂的士气如饿狼出击。这几乎是一场没有任何悬念的战斗。然而不可一世的美军怎么也没想到，志愿军第189师硬是将美军堵在了焦土一样的阵地上动弹不得。

我们不知道，那一刻只能拆了东墙补西墙的第63军军长傅崇碧是怎样的心情，但时隔半个世纪，傅崇碧在晚年写戎马一生的回忆录时，这位耄耋老人仍然能把那一天的每一个细节、每一道命令都准确叙述出来，可以想象那是一种怎样的永生难忘。

彭德怀最初下达给志愿军第63军的命令是死守铁原15到20天，而此时，第63军将士拼尽全力撑到了第13天。

一边是强敌，一边是损失殆尽的亲密战友。在这最为紧急时刻，傅崇碧没有丝毫畏惧，就在他几乎倾其所有准备再一次拼杀时，突然接到了一个紧急电话："铁原的物资和伤员基本运完，3兵团已转移出来。你军的任务已经完成，现由二梯队第40军接替你军。"这个电话是中国人民志愿军司令员彭德怀打来的。后来傅崇碧回忆说：接到撤退的命令时，几乎不敢相信，以至于放下电话半天没回过神来。

范弗里特

乔治·马歇尔图书馆

眼看志愿军主力部队已经完成撤离和重铸防线任务，鏖战了整整13天的第63军终于迎来了撤出铁原城的时刻。

今天，驾车从韩国铁原城往南部行驶，到达铁原阻击战打响位置不过40公里，车程不过半个小时，而在60年前，志愿军第63军的将士们硬是以血肉之躯把以美国为首的"联合国军"死死阻挡了13天。

看到坚守铁原城的志愿军突然没了踪影，美军第8集团军司令范弗里特喜出望外。

在位于美国弗吉尼亚州的乔治·马歇尔基金会图书档案馆内，我们查找到了范弗里特在6月10日这一天的工作日志：

"18点30分，范弗里特和他的媒体顾问进行了商讨。商讨之后，范弗里特发表了一份声明：由坦克支持的美第1军已经占领了铁原金化一带。"

摄制组在马歇尔图书馆查资料

第二天，对于美军攻占铁原的报道就充斥了美国的各大媒体版面。

《太阳报》刊出醒目标题《盟军夺得铁三角》，《哈特福特报》发表文章《"联合国军"使铁三角地区安全，中国志愿军向北撤退》，《芝加哥论坛报》刊登文章《范弗里特说第八军将会赢得战争》，《纽约时报》说《范弗里特看到了胜利》。

然而，范弗里特的这份声明实在发布的有些为时过早。

6月11日，当两支精锐的美军特遣部队分别从东西两路杀进铁原城之后才发现，除了被自己的远程炮火摧毁后的废墟，在铁原城的北部，又出现了一道志愿军的稳固防线，而这正是志愿军主力部队用铁原阻击战换来的宝贵时间建起的新防线。直到这时，美军终于意识到，利用铁原阻击战获得的休整，中国军队将很快有能力组织大规模的反击。到那时，已经筋疲力尽的"联合国军"将处于不利地位。

于是，就在这一天，刚刚就任两个月"联合国军"总司令的李奇微下达命令：暂停超越铁原一线发动攻击，全线就地转入防御。

贝文·亚历山大 美国朝鲜战争前线观察员

所以我们永远不能做太多。我们总是要阵亡数千人以争夺一座山，但是这并不能改变什么，战争并没有改变任何东西。他们夺过山，有什么区别吗？所以最后范弗里特也觉得这样做没什么意义，就停下来了。

经过7个多月的激烈较量，雄心勃勃的"联合国军"被中国人民志愿军和朝鲜人民军联手从鸭绿江畔打回到三八线，整整被打退200多公里。仅仅第五次战役，中朝军队就毙伤俘敌8.2万余人，挫败了"联合国军"在中朝军队侧翼登陆包抄的阴谋，迫使以美国为首的"联合国军"决定转入战略防御，同中朝方面举行停战谈判。

查理斯·阿姆斯特朗 美国哥伦比亚大学历史系教授 社会科学韩国研究专家

1951年夏天，"联合国军"方面开始和北朝鲜、中国代表谈判。接下来两年尽管还有战争，但是已然陷入僵局，所以需要通过谈判等方法解决战争问题。

对于铁原之战的结局，晚年的李奇微在他的《朝鲜战争李奇微回忆录》中这样描述："'敌人'再次以空间换取了时间，并且在其大批部队和补给完整无损的情况下得以安然逃脱。"

1951年6月12日，中国人民志愿军主力部队的战略转移已经完成，按照志愿军司令部的命令，志愿军第63军撤离阵地到伊川休整，铁原阻击战的大幕终于落下。中国人民志愿军抗美援朝第五次战役也就此胜利结束。

就在铁原阻击战刚刚结束不久，带着为美国陆军记录并撰写战史的任务，贝文·亚历山大作为战史分遣队观察员，踏上了铁原南部这片硝烟还未散尽的焦土。

贝文·亚历山大　美国朝鲜战争前线观察员

一天以后，山上的所有植被都消失了。

站在一片狼藉的铁原焦土上，贝文感到困惑的是，中国军人靠什么阻挡住了优势美军的进攻。

在位于美国华盛顿的朝鲜战争纪念公园中，最醒目的是一处美国士兵的雕塑群，他们身披雨衣，神情疲惫而低落，而这些疲倦的眼神似乎也在表达着美国人对这场战争的态度。在美国，朝鲜战争是有史以来第一场没有打赢的战争，所以美国人更愿意把那场战争称为"被遗忘的战争"。作为亲历者，美国老兵更是不愿过多提起。但面对我们的采访，这些美国老兵却毫不吝啬地表达出对中国军人的敬畏。

老兵沃伦·维德汉在接受采访时，还特意戴上了到中国旅游时买来的印有熊猫图案的红色领带。

沃伦·维德汉　美国朝鲜战争老兵

我在中国买的这个熊猫图案的领带。因为我跟他们打过仗，较量过后当然知道他们实力不凡。我知道他们很出色。

贝文·亚历山大　美国朝鲜战争前线观察员

我们非常尊敬中国军队。毫无疑问，他们打败了美国，这个是非常了不起的。

美国朝鲜战争纪念公园

美国老兵戴上从中国买来的熊猫图案领带接受采访

比尔·尼莫　美国朝鲜战争老兵

他们似乎根本不怕死。美国士兵也被要求做到这样，但我们认为我们只会在那儿待一年，然后我们就能回家。

对于中国军人的"实力不凡"和"不怕死"，曾经交战过的对手们始终将其视为一个谜，他们无法理解却都首肯心折，他们把原因归结为中国军人身上那谜一般的"东方精神"。

金一南　国防大学战略研究所所长

他们不了解，这些人他们到底为了什么？这个简单的装备，吹着军号，吹着号子，漫山遍野地冲锋，机枪扫倒一片，后面再冲上来，他们到底为了什么？他们不理解，他们不理解一个长期被压抑的民族，最后在追求民族独立解放的时候，火山一般爆发的这种求独立、求解放的精神。我觉得他们可能至今都不理解，所以他们称之为谜一样的"东方精神"。

傅崇碧回忆录手稿

直到今天，这些曾经的对手们却从不知道，那些铁骨铮铮的中国军人在奋勇拼杀背后所背负的隐忍和伤痛……

立下汗马功劳的中国人民志愿军第63军在完成阻击任务后，奉命到达铁原西北部的伊川进行休整。十几天的连续作战，战士们已经衣衫褴褛疲惫不堪。

王尚武　原中国人民志愿军第63军第188师侦察科长

每一个人都是很不像样子。你想想十几天不刷牙，不洗脸，吃不上喝不上，来回在土里翻滚，那个很疲劳，很疲惫，很疲惫。

为了撰写美国军史，在战场前沿搜集各种信息和资料是贝文当时的重要工作，一辆吉普车和一部照相机让他在战场上有机会多角度观察战争。但直到60多年后的今天，当我们问及他是否了解对手的后勤补给情况时，这位美国老兵这样回答。

贝文·亚历山大　美国朝鲜战争前线观察员

中国人？不知道。大米？他们自己带饭，背在背上。他们有大米，还有应该叫作豆瓣酱，他们自己带。他们会背上能撑好几天的食物。我们美国人通过卡车得到食物。但是中国人不得不自己背上食物，我想大部分是米饭、大豆之类的。

包括贝文在内的美国军人当时并不知道，在他们眼中拿着落后的轻武器，靠着不怕死的精神与他们拼命的中国军人，经常好几天都吃不上东西。

165

闫三货　原中国人民志愿军第63军第189师第567团战士

我不说别的，我们下来喝了三天稀饭，为什么喝了三天稀饭？怕撑死了，吃米饭怕撑死了。前面喝一天两天，后面还有了，每天都让喝稀饭，不敢叫吃干的，吃干米饭怕被撑死了，你看看成个啥了。

傅崇碧在回忆录中写道：休整时检查身体，"（第63）军的同志体重都有减少，我比战前少了25斤"。

王创民　《傅崇碧回忆录》整理者

（傅崇碧）他说打完仗以后，他连着一睡两三天，一醒，两三天就过去了。

中国人民志愿军第63军的阻击任务虽然胜利完成，但在休整的队伍中却没有丝毫胜利的喜悦。

王尚武　原中国人民志愿军第63军188师侦察科长

撤下来以后，我碰到第563团的1营副营长，带着部队往下撤，我碰到了。我说老卞，怎么样？他说不怎么样，我说我看着你黑了，脸是黑的，牙是白的，手也是黑的，我说你还剩多少部队？他说还是那么粗，没那么长了。我3路纵队往下撤，我还是3路，但是距离原来是这么长，现在剩了这么一轱辘了，就是人大大地减少了，这个意思。有那么粗，没那么长了。

昔日熟悉的战友、同乡，为了胜利，把生命永远留在了铁原那片已成焦土的旷野上。

看到此情此景，军长傅崇碧心如刀割一般。而这把无形的刀一割就是一辈子，成了他心头永远抹不去的伤痛。

傅亚丽　原中国人民志愿军第63军军长傅崇碧之女

他就说他在通江当县委书记，他们扩红（军）扩了好多万（人），参加红军，离开家乡，但是解放后呢，能回家乡的人不多。

傅黎燕　原中国人民志愿军第63军军长傅崇碧之女

活着的人是非常非常少的，他说我没法面对这一些。

傅亚丽　原中国人民志愿军第63军军长傅崇碧之女

他说我从良心上我没办法说，这些人当兵了，都管我来要人，这么几万人都没有了，都成烈士了，他说我无颜跟人家去解释。他就没再回到老家去。

这位戎马一生的将军，从朝鲜战场回国一直到2003年病故，整整50个春秋，他再也没有回过生养他的四川老家。

然而，将军无时无刻不在想念着生他养他的土地。2003年，就在傅崇碧的生命即将走到尽头的时候，他把用一辈子工资积攒起来的20万元钱，托儿子傅欣捐献给了家乡的希望小学。老人不图任何回报，只提出了两个要求。

傅欣　原中国人民志愿军第63军军长傅崇碧之子

就提两点，第一个呢，要雪中送炭，这个钱反正是不多，但是要用到刀刃上这个意思。第二个呢，就是千万不要锦上添花，确实要用到点子上，用到该花的地方。

"不要锦上添花，要雪中送炭。"或许，只有经历过异常艰难和困苦的人才会有这样意味深长的嘱托。

60多年前，装备落后的中国军队对阵世界上最强大的军队并最终取得胜利，与其说是一个谜，不如说是一个奇迹，那么是什么力量缔造了这个奇迹呢？谜一样的"东方精神"又来自哪里？

金一南　国防大学战略研究所所长

谜一样的"东方精神"最根本的来源于信仰，这个信仰是什么呢？对国家、对民族的信仰，而当然我们在这讲到，中国共产党唤醒了中华民族的这种根本信仰，以志愿军为代表的中华民族的优秀分子，他们是觉悟了的，他们是有信仰的，他们是为自己在战斗，他们不是为了朝廷，不是为了哪一个利益集团，他们为整个民族在战斗。所以我们提的口号叫抗美援朝，保家卫国，家跟国的利益结合起来。那么所以说呢，就这伙人，被西方看不起的这伙人，我们在战场上，就能表现出这么巨大的能量。这是呢，作为谜一样的"东方精神"的来源。

这支军队从一开始，就是被共同的理想和信念聚合到一起的。遭受了百年屈辱的中国人太想保护自己的家园。从童子军打到壮年的这些身经百战的志愿军战士深深地知道，有国才有家。"爱国"早已深深地注入了他们每一个人的灵魂。

贾文岐　原中国人民志愿军第63军第188师第562团指导员

我们的精神绝不是谜。我们的精神绝对是爱国，我们在朝鲜有一个信念，我们中国遭到日本鬼子烧杀抢掠，受过这个罪。到了朝鲜一看，朝鲜老百姓受的那个，特别是北部受的那个苦，我们就有一个信念。这种惨状不能在我们祖国再重演。所以我们就是死也要把敌人顶

抗美援朝保家卫国

回去，所以有这股子信念，这股子爱国主义精神，这不是谜，明明白白的是我们党教育出来的这种精神。

正是这份坚定的理想和信念造就了这支坚不可摧、意志顽强的人民军队，造就了一次又一次胜利的奇迹。

查理斯·阿姆斯特朗　美国哥伦比亚大学历史系教授　社会科学韩国研究专家

这在历史上是非常重要的转折点，这是中华人民共和国第一次在境外作战，世人惊讶于中国军队是如此的有实力，中国敢于对抗比自己强大许多的美国，所以这对于中国是非常关键的一步，让中国在世界上赢得了尊敬，也赢得了美国的尊敬。

齐德学　军事科学院原战争理论与战略研究部副部长

正是因为我们打败了他，所以美国军人很佩服中国，包括洪学智到美国去，美国人问他：你是哪个学校毕业的？他说我是美国空军大学毕业的，就是你搞轰炸、我搞运输嘛，最后就把我培养成志愿军的后勤部长，最后成了人民解放军的后勤部长了。所以美国人他是这样，就是你真正把他打服了，他就很尊重你，很佩服你。

沃伦·维德汉　美国朝鲜战争老兵

中国人虽然已经回家，但他们在世界赢得了更多的东西。

内外加山

比尔·尼莫　美国朝鲜战争老兵

他们很棒，他们训练有素。我很高兴能看到如今韩国和中国都发展得很好。中国好像发展得更好。

如今，这些老兵的面容饱经岁月的洗礼，已不再风华正茂。但是历史永不会被磨灭，他们在青春年少时就已做了惊天动地的大事，他们改变了山河的模样，他们让世界看到了一个崭新的中国。

金一南　国防大学战略研究所所长

我们可以看看我们的七七事变，发生在什么地方？卢沟桥。你再看看九一八事变发生在什么地方？发生在沈阳。就是对方发动事变，直接给你造成侵略，已经深入你的国土了。怎么会造成这样的局面呢？非常值得我们中国人深思。而抗美援朝是什么？敢于在这样一个战场上，与全世界最强大的武装力量较量，而且不是被动的，是主动的，主动出击，所以抗美援朝之后，西方有个经典的评论：在涉及国家安全的问题上，新中国再也不会退让。

陈兼　美国康奈尔大学历史系教授　中美关系史研究讲座教授

毛泽东在中华人民共和国成立的时候，讲的一句话，不是在天安门上讲的，是在第一届政协会议上讲的，叫中国人从此站起来了，这句话不得了啊。

"占世界人口四分之一的中国人站起来了"是1949年9月21日，毛泽东在中国人民政治协商会议第一届全体会议上发表的开幕词。当时，这句话并没有引起世界的重视，然而仅仅一年后，铁骨铮铮的中国热血男儿就在抗美援朝战场上让世界认真回味起了毛泽东那句话沉甸甸的分量。

威廉·斯图克　美国佐治亚大学历史系教授

毛泽东用了"中国人民站起来了"，经历西方百年的欺辱，中国人的确站起来了，让美国在朝鲜半岛无话可说。毛泽东对此很自豪，中国也如此。

时隔4年，1953年9月12日，当毛泽东说"中国人民有这么一条，和平是赞成的，战争也不怕，两样都可以干"的时候，恐怕已经没有人怀疑新中国捍卫主权独立、领土完整和民族尊严的决心了。东方精神被激发出来的中华民族从此震动了全世界。

陈兼　美国康奈尔大学历史系教授　中美关系史研究讲座教授

也就是这些人，以他们的生命最后怎么呢，他塑造起好多东西，留下好多遗产，但其中有一条遗产，直到今天为止，同中国的国际地位、国际形象、国际定位等等都有关系。

而对手眼中谜一样的"东方精神"——这笔中华民族的宝贵财富，它不仅照亮历史，也应照亮未来。因为，决定未来的较量正是看能否让自己的信念比对手更加坚定。

今天，九死一生后还健在的老兵们都已是风烛残年，但在与他们交谈中，总能强烈地感受到他们生命中那份特有的硬度和韧度。在谈及惨烈的战斗时，他们大都轻描淡写甚至略带几分调侃。

苏文禄　原中国人民志愿军第63军第188师连指导员

打这一辈子仗，我这腿上现在还有一个炮弹皮，在骨头上呢，找医生一看，说："你算了，你带到棺材里去吧，也别取了，你就把这个骨头撬开，你再取这个炮弹皮子，那不见得好受。"所以就一直带着这个。现在生活不错，能够吃饺子能吃包子，我觉得不赖，还挺满足，知足者常乐！这就可以，比打仗好多了。

陈明月　原中国人民志愿军第63军187师第559团警卫员
没有想着活着回来，都是这样，没有想着活着回来。能活着回来，那是什么感觉，你的心情特别高兴。

或许，经历了生之幸运和死之痛苦，这些老兵的生命中已经没有什么不能承受，相反，淡然的生活成了他们最大的满足。

1951年6月10日铁原阻击战结束，7月10日，朝鲜停战谈判正式开始。历时两年又17天，1953年7月27日，朝鲜停战协定终于签订。

然而，60多年过去，朝鲜半岛上包括铁原在内的非军事区内除了树木繁茂起来，其他一切都冻结在1953年7月27日战争暂停的那一刻……战斗虽然停止，但战争从未解除。

2014年8月15日，摄制组接到了美国老兵贝文的邮件。信中他再次感慨道：

"我相信战争彻底改变了参与进去的每一个人。相比没有参与过战争的人，危险、不安、疲劳以及对战争的不确定性使得每一个人更加珍惜生命，珍惜他们至亲至爱的人。经历过战争的老兵相比没有参与到战争中的人们更加珍惜家的感觉。"

贾文岐　原中国人民志愿军第63军第188师同学562团指导员
我们在朝鲜，路过平壤看见一个老太太，拿了个锤子，敲那个三脚架挂着一个道轨，铛、铛、铛，说敌人飞机来了，报警。我们看到这种情景以后，流泪、难过。就觉得我们的母亲，再不能遇到这种状

173

况。我们的母亲、我们的乡亲、我们的同胞不能再去冒着寒风，敲这个警钟说日本鬼子来了，或是谁来了，来欺负我们来了，这种状况不能在我们国家出现了。

《我的祖国》

听惯了艄公的号子，

看惯了船上的白帆。

我们仿佛看到，在抗美援朝战场上那一个个风餐露宿的夜晚，中国军人在阵地上奋勇拼杀发出的道道火光，这些斑驳的火光透过弥漫的硝烟和天上升起的繁星遥相辉映。

那一刻，火光和繁星已经不单是点亮漆黑夜色的光。它们是正在战斗着的和已经牺牲化作漫天繁星的志愿军战士们心里那团永恒炽热的火焰，倔强地燃烧着青春，温暖着家园。

陈列在原188师师史馆中的志愿军肩标、胸标和勋章。

辽宁丹东抗美援朝战争纪念馆

辽宁丹东志愿军墓园中纪念碑

辽宁丹东志愿军墓园

　　所有这些，凝聚成了这部厚重的影像历史。它不是宣传和说教，它是在回溯，回溯到一个民族刚刚从苦难中挣扎出来时的真实感受，"遭受了百年屈辱的中国人太想保护自己的家园了"。的确，还有什么比保护好自己的母亲更重要的呢？

寻找 "铁原阻击战" 的永恒价值

《铁在烧》总撰稿　魏纪奎

　　两年前的初夏时节，为拍摄5集文献纪录片《铁在烧——志愿军第63军铁原战记》，中国摄制组来到依然处于战争状态的朝韩38线，在随处都能见到韩美大兵演习车队匆匆行过的韩国铁原郡，我们开始了 "铁原阻击战" 的寻访之旅。这场短短13天的惨烈战斗，近万中国人民志愿军将士倒在了异国的土地上。

　　铁原初夏的夜晚仍然寒意袭人，近处星星点点的灯火是后来新建的城市。而远处，那一片夜色笼罩的地带，就是当年被战争摧毁的铁原城。60多年过去，当年被炮弹削平的山丘已经被林木覆盖，在黑暗中，连绵起伏的山岭巍然矗立，荒凉而寂静。自从那场战争结束以来，这里便一直是韩国的前沿地带，少有人烟。

　　对于发生在60多年前的那场改变了历史进程的著名阻击战，我们想要找到一种不同于以往历史的讲述方式。它应该不仅仅是战略家的纵横捭阖，不仅仅是指挥员们的杀伐决断，甚至也不应该仅仅是前线将士们的浴血拼杀。我们想要发掘的，埋藏在历史尘埃中的遗产，一定要有超越历史的永恒价值存在。然而，当我们来到铁原，我们想要找的答案却像这些模糊的远山一样，似乎就在眼前，却看不真切。历史事实倒是十分清晰而简单：1951年5月27日，为掩护刚刚完成第五次战役的中国人民志愿军主力回撤休整，志愿军第63军24000多名将士接到死守铁原15到20天的命令。13天时间里，志愿军第63军在宽25公里、纵深20公里的防线顽强阻击，破解了"联合国军"快速歼灭志愿军回撤休整部队的图谋。

然而，隔着60多年的历史尘雾，我们该怎样去理解和把握这次战役的意义，怎样去触摸和感受当年的63军将士在一种什么样的精神感召下，面对敌人的钢铁战车和倾泻而下的炮弹，用他们的血肉之躯，一次次顽强地阻击强大敌人的进攻？战场的硝烟已经消散，军事禁区锈迹斑斑的铁丝网，残留的树桩，炮弹碎片，这些也只能拼接成那场战争的模糊印象，资料馆里的战争档案，也只是为那场惨烈的战斗提供不甚详尽的索引和注脚而已。在铁原初夏的寒意中，看着残阳渐渐隐入雾霭后的山峦，脚下这片土地上中国人民志愿军烈士们抛洒热血激荡起的历史回声似乎还不够汹涌澎湃。

2013年10月17日，在美国弗吉尼亚州的一个偏僻乡村里，中国摄制组找到了曾亲历这场战事的美国老兵贝文。1951年6月中旬，贝文作为美国陆军战史分遣队的一名战地观察员，携带一部照相机，开着吉普车踏上了朝鲜半岛这片千疮百孔的战场。60多年后，面对中国摄制组，这位美国老兵毫不掩饰自己对中国军人的尊敬，他说"毫无疑问，他们打败了美国，这个是非常了不起的"。在华盛顿，老兵沃伦·维德汉多年来一直没有忘记当年的对手，"因为我跟他们打过仗，较量过后当然知道他们实力不凡，我知道他们很出色"。历史在这里猛然被掀开了一角，在采访中，我们多次被美国老兵对中国志愿军发自内心的尊崇所震撼。似乎，原本那些有些模糊的单薄背影在当年武装到牙齿的强悍对手眼里更加清楚起来。

采访九死一生归来的中国人民志愿军第63军老兵贾文岐时，这个问题的答案变得越来越清晰了。老人用质朴的话语娓娓道出了一代中国军人视死如归的情感源泉："我们在朝鲜有一个信念，我们中国遭到日本鬼子烧杀抢掠，受过这个罪。我们就有一个信念，这种惨状不能在我们祖国再重演，所以我们就是死也要把敌人顶回去。"

当年对手的首肯心折让我们更客观地认识我们的历史，而依旧健在的抗美援朝老兵让我们对那个时代人们的内心情感有了更多的感受。至此，铁原旧战场上那些残存的遗迹、档案馆里的资料和数据逐渐鲜活生动起来，他们开始呼吸，说话，那些沉睡在地下多年的战士们苏醒过来，向我们诉说着那场战争的惨烈，那些为了爱与自由付出的牺牲，那些未曾说出永难瞑目的热望和期待。

所有这些，凝聚成了这部厚重的影像历史。它不是宣传和说教，它是在回溯，回溯到一个民族刚刚从苦难中挣扎出来时的真实感受，"遭受了百年屈辱的中国人太想保护自己的家园了"。的确，还有什么比保护好自己的母亲更重要的呢？60多年前，在韩国铁原，中国军人的生命像燃烧的钢铁，为了保卫新生的共和国，他们毅然决然地付出了生命的代价。那么，今天的人们，看看我们的先辈是如何与强敌殊死战斗的，或许就是本片永恒的价值所在。

2015年12月25日

端正态度，讲述一段人们听得懂的故事

《铁在烧》执行总编导　迟鹏

　　如果没有亲自到过"三八线"，我们很难在今天韩国现代化的气息中嗅到那丝紧张的战争味道；如果没有真正行走在铁原的土地上，我们更无法体会到64年前抗美援朝战争中那场阻击之战的惨烈程度。

　　"1951年夏，抗美援朝五次战役进入第二阶段，在美军新任总司令李奇微中将的指挥下，敌集中精锐主力发动全面反击。觉察到敌方意图的志愿军总部下令部队迅速摆脱，于是进入铁原一线进行防御。一支临危受命的中国军队死死挡住了'联合国军'的去路，掩护主力重建战线。这一挡，就把包括几乎所有世界主要军事国家最精锐部队的'联合国军'死死挡了整整十三天。"

　　以上的短短几行文字便能够简要概括出铁原阻击战的大致情形，然而这并不是能够让我们感知与触碰到的历史。"抗美援朝"同样是我们大多数人所熟知的词语，然而在今天又有多少人能够真正了解或者想要去了解这段历史与今天我们的关系所在。留住历史，这是每名纪录片人的职责所在，那么如何让历史书中冰冷的文字产生温度，这便是我们在《铁在烧》创作过程中思考最多的问题。

1. 我们讲述历史的视角、复述历史的口吻不是给观众去上历史课

历史文献纪录片最大的魅力在于还原历史，那些离我们远去的岁月，通过影像的组合呈现出来，让我们去感知、去体会。然而，讲述历史的视角与态度却有着很多的区别。如果说教科书是一种正史的讲述口吻，那么我们的故事讲述可能更像是个人史、社会史、生活史。

战争中每一个个体的命运其实就是战争本质最集中的体现，"参战的老兵，还有那些逝去的生命；战争中的一天、一个上午或者某一个小时；同一天的战场前线与美国国会的某间办公室之间有着怎样的联系？"注重细节、关注个体命运、寻找事件的内在联系，这些都是我们需要在这部纪录片当中具备的一种态度。这就是历史的温度、历史的质感——能够让我们触摸到、感受到、甚至是嗅到的历史讲述方式，我认为才是能够让观众接受的一种表达。

2. 在还原历史的过程中，需要有一种最大限度尊重历史的态度，我们绝不能以一家之言的口吻来进行讲述

我们这部纪录片在策划时还有一个想法，就是需要具有一种真正的国际化视角。这段历史的参与者具有它的多样性，当时志愿军与"联合国军"是在境外进行一场殊死较量，对于这段历史的考证，如果单纯依靠国内研究显然不能够满足观众的诉求。走出去，到当年的朝鲜战场遗址、到美国参战老兵的家中，到许多与这段历史相关的地方去寻访、拍摄，这是我们的一种态度。

之所以说这是一种态度，是因为我们并不仅仅是为了一种形式上的丰富多彩而飞越半个地球去采访。我们这么做的目的其实正是一种历史研究应有的态度，我们去考证、去寻找，我们再也不能够用一些口号式的语言、一种激昂的腔调去告诉观众些什么。我们要做的是去证明曾经历史细节的真实性存在。

3. 最大限度挖掘历史影像、字里行间中的细节、千丝万缕的勾连，抽丝剥茧中寻求新的信息点与戏剧化冲突的元素

历史的影像、史料的价值对于这部片子来说是最为珍贵的素材，对此，我们投入了许多精力与资金从美国国家档案馆、韩国朝鲜战争纪念馆中搜集到了大量的影像、图片、地图等资料，这些第一手资料的获得对于这部片子的文献价值来讲至关重要。

那么对于这些珍贵资料的使用，由于来之不易，所以我们也尽最大程度去从中挖掘、寻找历史的细节与勾连。这些从未在中国荧屏上出现过的影像资料原汁原味地展现了当时的历史状态，特别是人的状态。这些素材再结合我们故事的主人公讲述，便能够勾勒出一幅幅生动的画面、一张张鲜活的面孔。

4. 主体故事不能够脱离大的历史环境，还原历史的方法至关重要

对于这点来讲，我们在这部片子中需要一种大的历史观，需要建立历史的坐标，这个坐标包括纵向的坐标与横向的坐标。

所谓纵向的坐标就是建立一个时间原点，就这一原点前后，展开叙述，展现历史的惯性、厚度与深度。横向的坐标，同样是在建立一个时间原点的基础上，在一个时间的横切面展开叙述，它更多展现的是历史的宽度。

纵向坐标对于一个个体命运的讲述可以起到最大的放大，横向坐标就要求片子具有全球视野。

《铁在烧——志愿军第63军铁原战记》两年的创作周期，绝不仅仅是一个制作的过程，这其中更包含了我们对于纪录片创作的深入思考。"所有被称为伟大的故事，都来自伟大的创意，几乎所有伟大的故事创意中，都有一种人性的展示。"归根结底一句话——讲故事，讲人的故事，讲人们听得懂的故事。

2015年12月26日

韩国铁原——是我们故事开始的地方

《铁在烧》编导　姚寅子

这个英语叫作Cheorwon的小城，位于韩国境内，三八线边界，是一个在中国观众眼中完全陌生的地方，在中文里我们习惯叫它"铁原郡"。

1951年5月28日，抗美援朝战场上一场至关重要的战役发生在这里。战后以三八线为界，铁原郡分成了南北两个部分，分别位于现在的朝鲜和韩国，而我们的故事就发生在韩国境内的江原道铁原郡。

两年时间里，《铁在烧——志愿军第63军铁原战记》摄制组两次赴韩拍摄，在战争旧地，考证挖掘了大量60多年前那场战争的蛛丝马迹。

初到韩国铁原是一个春天，第一印象是小城的静谧和美丽，有别于首尔的繁华时尚，这是一个充满乡村气息的小县城，路边的广告牌上满是优质大米的标语以及便宜却十分美味的牛肉。在韩国，铁原郡是著名的稻米、肉牛产地，有着如同世外田园般的静雅外貌。

然而随着拍摄、采访的深入，小城真实的一面才慢慢显露出来。这里本国游人很多，除了美食，完整保存的战争年代的种种遗迹也是大多数游客前来的原因。劳动党公社、月井里火车站、和平观望台、高台山等等，每一处都有一个惊心动魄的战斗故事，这是韩国国内比较少见的追念朝鲜战争历史的地方。

而最为特殊的是，由于地处DMZ地区（朝韩非军事缓冲区），这里至今依然是韩方的军事重地，走在乡间小道或是高山树林间，最常见的就是往来不停的军车，而我们的每一次拍摄也要通过韩国国防部甚至是驻韩美军最为严格的审批。

在这种情况下，我们的很多节目设想受到了限制，但为了最大程度地真实再现那场战役，我们几乎走访了所有知情的韩国当地村民、亲历者、牧师和文化历史教授。对关键战斗的旧战场，我们进行了GPS定位和实地勘察，确保真实无误，甚至爬上每一座发生过战斗的山丘进行细致拍摄。现实和过往的穿越带来了一种特有的叙事感，历史的痕迹和现今特殊的军事氛围更是构成了这座小城独具魅力的画面张力。

拍摄期间，当地人告诉我们，他们最渴求的是铁原郡的经济发展，因为地处朝韩边界，至今仍受到战争威胁，所以这里很难像韩国其他城市一样建设发展。他们常常向中国摄制组打听中国人喜欢来韩国看什么，希望对小城加以改造，用独特的风貌吸引更多的中国游客前来。如今中国的强大，似乎让周边的友邻看到了更多的经济实惠，他们非常友好，想和中国人做朋友、做生意，而往前推只不过是60多年前，我们的先辈还在为新中国——这个初生国家的生存环境进行浴血战斗。

　　傅崇碧，志愿军第63军军长，本片的主人公之一，却是一个非常低调的将军，能够搜集到的关于他的资料少之又少。在北京的一所四合院里，我们采访了傅崇碧将军的夫人和儿女，对于战争的记忆，这些家庭成员能回忆起来的并不多，因为将军健在的时候是不愿意提及战争细节的。他的夫人黎虹告诉我们，她曾经在战争期间去过朝鲜，然而还没见到傅崇碧将军就回来了，"他带信来让我回去，他死了孩子还得让我照顾"。志愿军第63军在这场为期13天的战斗中气血殆尽，伤亡逾一万人，昔日熟悉的战友、同乡，为了胜利，把生命永远留在了铁原那片已成焦土的旷野上，这成为了将军心中永远无法言说的痛。

　　在北京一所老式住宅楼里，志愿军第63军的摄影干事蒙紫向我们展示了唯一一张战时部分战士的合影，照片上那些不过十七八岁的年轻人转眼之间都牺牲在了铁原的战场上，再也没能回来。老人耄耋之年，回想起来依然唏嘘不已，一句"那些战士真好"，让我们在场的人无不垂泪。

　　为了铭记历史，我们重新拾起那段充满血与火的记忆！250分钟的影像视频，呈现的是一个民族崛起在世界东方的精神底色。

　　向参加过抗美援朝的所有老兵致敬！

2015年12月27日

照片上的美国拍摄故事

《铁在烧》编导　冯珈

2016年的春天就要来啦！《铁在烧——志愿军第63军铁原战记》摄制组的春天也在悄悄临近！我们摄制组笑称的"铁板烧"在持续两年的文火慢烤后，现已进入到出锅前的爆炒阶段！

看着我们拍回来的各种珍贵视频，还真是颇为感慨前期的拍摄经历，所以，今天我想和大家分享一些我们在美国拍摄的故事。

为了了解抗美援朝战争中中国人民志愿军的对手——以美军为首的"联合国军"，2013年10月3日，做足案头准备工作的《铁在烧》摄制组从北京出发，充满期待地奔赴美国，准备用23天的时间查找相关历史资料、采访老兵和专家。

为了加快拍摄节奏和适应美国的拍摄环境，刚抵达纽约，来不及调整时差，我们便开始了街景的拍摄。我们来到了纽约最具代表性的地段之一——曼哈顿。虽然小伙伴们刚刚经历十几个小时的旅途劳顿，但对于来到美国即将开启一场战争档案的寻迹之旅，创作的亢奋依然写在每个人的脸上，期间还不忘合影留念，记录下这"战斗即将打响"的那一刻。

然而，兴奋之余，一个个坏消息接踵而至，我们在国内就沟通好的一位美国老兵协会会长突然切断了与我们的所有联系，另一位之前在电话中十分热情的美国老兵在得知我们已到达美国后也突然拒绝了我们的采访。而早前联系好的几位美国专家中，有两位专家因临时有事也表示不能接受我们的采访。就在我们感到非常沮丧时，又一枚重磅炸弹向我们投来——美国政府宣布关门。这导致了美国国会图书馆和美国国家档案馆也关门放假，而开门的时间，谁也不知道……我们此次需要查找的大量珍贵资料，很多都在这两处，难道我们远渡重洋却要铩羽而归吗？我们的拍摄计划和行程完全被打乱。那一刻，我们的心情难以名状……

而不管怎样，工作都要继续，问题也要一个个克服和解决。在吃了一个又一个闭门羹之后，我们决定不到最后关头，决不放弃。于是，我们临时调整拍摄计划，先拍能够拍到的内容，同时动用各种渠道联系参战老兵和相关专家，我们摄制组的翻译兼联络官薛欣同学几乎每晚做的事情都是写邮件，收邮件。我们的小心脏也随着收到的邮件内容起起伏伏。

后来，在美国佐治亚州，我们见到了佐治亚大学历史系教授威廉·斯图克。威廉·斯图克教授家里有一个巨大的游泳池，因此我们都叫他"游泳池教授"，"游泳池教授"不厌其烦地配合我们的拍摄，在两个多小时的采访中，他尽可能详细地讲述了他所了解和研究的历史细节。

　　而与此同时，幸运之门也为我们缓缓打开了……

　　在美国弗吉尼亚军事学院，有一座以美国前国防部长乔治·马歇尔的名字命名的图书档案馆——美国乔治·马歇尔基金会图书档案馆。这里收藏了很多马歇尔捐赠的珍贵资料。档案馆主任保罗·巴伦热情的接待了我们，在我们到达之前，他就已经把我们在电话中提到的所需相关资料找出来供我们筛选，使我们的效率大为提高。在这里，我们得到了十分珍贵的解密档案。如此愉快的工作过程，当然要存照留念！这一回，照片上的亮点很多哦！

　　再后来，我们得到了一个天大的好消息！美国政府开门啦！我们像寻宝一样走进位于华盛顿的美国国会图书馆，在这里，我们收获颇丰！

　　幸运之门此时开得更大了！

　　在美国麦克阿瑟纪念馆，档案保管员听说我们遭遇老兵采访拒绝后，热心地帮我们联络他所认识的美国参战老兵。惊喜的是，三个小时后，当年参加朝鲜战争的老兵比尔·尼莫就来到了我们面前，愉快地接受了我们的采访。

　　幸运不断在延续。尽管吃了闭门羹，我们还是鼓足勇气，通过美国老兵协会网站上提供的地址，决定直接上门拜访一位老兵碰碰运气。我们选择了目前正在经营一家旅游公司的老兵沃伦·维德汉。在朝鲜战争中，他是一名陆军上校。一开始，老人对我们并不信任，我们能做的只有尽最大努力表达我们的诉求，慢慢地，老人被我们这群年轻人打动了，同意改日接受我们的采访。期间的等待让我们十分忐忑，总怕老人会中途再次改变主意拒绝采访。然而，当我们按照约定好的时间前来采访的时候，一个细节感动了我们所有人，老人特意系了一条在中国旅游时买来的红色熊猫领带，并说他非常喜欢中国，中国人非常热情。后来，我们叫他"熊猫领带老兵"。

Nice！功夫不负有心人，我们遇到的各种难题逐一得到了解决，当我们的美国之行即将结束的时候，掂量着为烹饪"铁板烧"而采购的原料，终于可以长舒一口气了。

尽管在20多天的时间里奔波了大半个美国，身体承受几乎到了极限，但我们依然非常开心！

对于《铁在烧——志愿军第63军铁原战记》，我们希望这道历史大餐不仅用料上乘，还能味道十足，让您品尝后回味无穷！努力过，不遗憾。

2015年12月27日